闇の梟

火盗改鬼与力

鳥羽 亮

角川文庫 17268

目次

第一章　梟《ふくろう》党《とう》

1

浅草阿部川町《あさくさあべかわちょう》。人気のない寂しい路地だった。

暮れ六ッ（午後六時）の鐘が鳴って、小半刻《こはんとき》（三十分）ほど過ぎただろうか。路地は夕闇につつまれ、ひっそりとしていた。

路地沿いの小体《こてい》な店や表長屋などは表戸をしめ、洩《も》れてくる灯《ひ》もなく、夕闇のなかに黒い輪郭だけがぼんやりと見えていた。

路地沿いに板塀をめぐらせた仕舞屋《しもたや》があった。借家ふうの古い家である。その板塀に、張り付いている黒い人影があった。

火付盗賊改の召捕《めしとり》・廻《まわ》り方の同心、風間柳太郎《かざまりゅうたろう》の密偵《てさき》の彦八《ひこはち》だった。火付盗賊改は火盗改《かとうあらため》とも呼ばれ、風間は主に火付、盗賊、博奕《ばくち》にかかわる下手人の探索、捕縛にあたっていた。

彦八は、仕舞屋に住んでいる敏造《としぞう》を見張っていた。敏造が盗人《ぬすっと》らしいと目をつけたからである。

三月ほど前に、神田須田町《かんだすだちょう》の太物問屋《ふともの》、黒田屋《くろだや》に強盗が押し入り、七百余両の大金を奪われた。まだ捕らえられていないその盗賊は、梟党《ふくろうとう》と呼ばれていた。一味の者は六人、いずれも両眼の部分だけ丸く切り抜いた黒布の袋を頭からすっぽりとかぶって顔を隠していた。その顔が、梟に似ていたことから、梟党と呼ばれるようになったのである。

彦八は風間の指図で、梟党の探索にあたっていた。探索といっても、何か当てがあったわけではない。梟党は、手繰られるような手がかりを何も残さなかったのだ。一味が六人と知れたのは、夜更けに黒田屋の近くをたまたま通りかかった夜鷹《よたか》そば屋が、一味の後ろ姿を目にしたからである。

彦八は盗人が手にした金を使うとすれば、酒と女と博奕だろうと見当をつけ、まず岡場所で名の知れた浅草寺《せんそうじ》界隈《かいわい》と吉原《よしわら》を探った。

彦八は吉原に何度か足を運ぶうち、吉原を縄張《しま》にしている藤助《とうすけ》という地まわりから、

「ちかごろ、やけに金遣いの荒い敏造ってえ野郎がいる」

と、耳にした。

彦八は藤助から、敏造の年恰好《かっこう》や人相を聞き、吉原へ通じる日本堤《にほんづつみ》や出入り口の大《おお》

門《もん》の近くに張り込んだ。

彦八が吉原に張り込んで三日目、大門をくぐる敏造らしい男を目にし、跡を尾《つ》けて揚屋町《あげやまち》の福乃屋《ふくのや》という半籬《はんまがき》に入るのを確認した。

籬は妓楼《ぎろう》の入り口に組まれている細い格子のことで、吉原の見世《みせ》は、惣籬《そうまがき》（全面格子）、半籬（格子でない部分が四分の一ぐらいある）、惣半籬《そうはんまがき》（格子が下半分だけ）に分かれている。惣籬は最上級の妓楼で、半籬は中級、惣半籬は下級ということになる。

彦八はいったん大門から出て、日本堤沿いの浅草田町《たまち》へもどり、そば屋で腹ごしらえをしてからふたたび大門をくぐった。敏造が福乃屋から出るのを待って跡を尾け、行き先をつきとめようと思ったのである。

敏造が福乃屋から出てきたのは、四ツ（午後十時）すこし前だった。まだ、吉原は賑《にぎ》わっていた。九ツ（午後零時）までは、見世をあけていたからである。

彦八は、敏造の跡を尾けた。そして、阿部川町の仕舞屋へ入ったのを確かめ、その夜はそこまでで尾行をやめた。

……やつを洗うのは、明日からだ。

と思い、彦八は自分の塒《ねぐら》である浅草諏《す》訪町《わちよう》の長屋にもどった。

翌朝、彦八はふたたび阿部川町に足を運び、仕舞屋の近くで敏造のことを聞き込んだ。その結果、敏造は盗人らしい、との感を強くした。

それというのも、敏造は近所の住人と付き合いがなく、独り暮らしで昼間からぶらぶら遊んでいることが多いと聞いたからである。

彦八はしばらく敏造を尾けてみようと思い、今日も諏訪町から足を運んできて仕舞屋を見張っていたのだ。彦八は、敏造が梟党のひとりなら仲間とどこかで接触するとみたのである。

……そろそろ、出てくるはずだがな。

吉原に行くにしろ近所の飲み屋に出かけて一杯やるにしろ、そろそろ塒から出てくる頃合である。

それからいっときし、仕舞屋の戸口の引き戸をあける音がした。彦八が板塀の隙間から戸口に目をやると、敏造の姿が見えた。

……やっと、お出ましだぜ。

彦八は敏造が路地へ出るのを待ち、板塀の陰から離れた。

路地は淡い夜陰につつまれていた。すこし風が出てきたのか、路地沿いに群生した笹や芒《すすき》などが、サワサワと揺れていた。夜陰のなかに黒い蝶《ちよう》のように飛翔《ひしよう》するものがいた。蚊喰鳥《かくいどり》である。

敏造は人気のない路地を足早に新堀川《しんぼりがわ》の方へむかっていく。そこは、浅草寺界隈や吉原につづく道筋である。

敏造は新堀川に突き当たると、川沿いの道を左手におれた。その道は、東本願寺《ひがしほんがんじ》の脇へ出て右手におれれば、浅草寺や吉原へ行くこともできる。

川沿いの道を二町ほど歩いたとき、ふいに敏造の姿が掻《か》き消えた。川岸に植えられた柳の陰へまわったようだ。

……気付かれたか！

と彦八は思った。だが、妙である。柳の陰に身を隠しても、尾行者をまいたことにはならないのだ。その場から姿をあらわさずに樹陰から離れるには、川へ飛び込むぐらいしかないのである。ただ、敏造が彦八の尾行に気付いたことはまちがいないようだった。

彦八はこのままきびすを返して逃げようかと思ったが、それも癪《しゃく》だった。相手は敏造ひとりである。

彦八は用心しながら柳に近付いた。ともかく、敏造がなぜ樹陰に身を隠したのか確かめようと思ったのだ。

彦八が柳に十間ほどに近付いたとき、枝葉を茂らせた樹陰から敏造がゆっくりとした足取りで出てきた。

彦八は足をとめ、懐に手をつっ込んだ。念のために十手のほかに、匕首《あいくち》も忍ばせていたのである。

敏造は彦八の方に顔をむけていた。夕闇のなかに、敏造の顔が青白く浮き上がっている。のっぺりした面長の顔だった。笑っているのか、目が糸のように細かった。

そのとき、敏造は口をとがらせ、ホウ、ホウ、と低い声を上げた。

「な、なんだ！」

彦八が、声を上げた。

「梟《ふくろう》が啼《な》いたんだよ、仲間を呼んでな……」

敏造が、低いくぐもったような声で言った。顔に薄笑いが浮いている。

「……！」

ふいに、彦八の背筋が寒くなり、全身が粟《あわ》だった。得体の知れない恐怖が、彦八を襲ったのである。

タ、タ、タッと、背後で足音がした。

彦八は振り返った。黒ずくめの人影が、淡い夜陰のなかに見えた。顔の両眼の辺りが、丸く浮き上がったように見えた。

「ば、化け物！」

彦八は喉《のど》のつまったような声を上げた。一瞬、身が凍りついたように硬直し、咄嗟《とっさ》に逃げることもできなかった。

黒ずくめの男は、目の部分だけ丸く切り取った黒布の袋を頭からすっぽりかぶっていた。武士らしい。黒袴《くろばかま》姿で、刀を差していることが見てとれた。その姿が、彦八の目に巨大な梟のように映った。

……梟党！

彦八は察知した。

敏造が梟党の仲間を呼んだのだ。もっとも、仲間ははじめから敏造の近くにいたのだろう。

黒ずくめの男は、小走りに彦八に迫ってきた。

ギラリ、と刀身がひかった。男が抜刀したのだ。地を蹴《け》る足音とともに、青白くひかる刀身が夜陰のなかをすべるように急迫してくる。

「ちくしょう！」

彦八は叫びざま、懐から匕首を抜いた。彦八は匕首を前に突き出すように構えたが、恐怖で腰がひけていた。匕首を握った手がぶるぶると震えている。

男は低い上段に構えていた。切っ先を後ろにむけ、刀身を寝せている。

イヤアッ！

突如、男が鋭い気合を発した。

ふいに、彦八は反転した。すでに、男は斬撃《ざんげき》の間境に踏み込んでいたが、彦八は男の気合で我を失ったのである。

彦八が悲鳴を上げ、走り出そうとした瞬間、頭に雷で打たれたような衝撃がはしった。彦八の意識があったのは、そこまでである。

2

「彦八……」

風間は、横たわっている彦八を見て息を呑《の》んだ。

凄絶《せいぜつ》な死に顔である。頭が割れ、どす黒い血が顔をおおっていた。深く裂けた傷口から、割れた頭蓋骨《ずがいこつ》が覗《のぞ》いている。彦八は、目尻《めじり》が裂けるほど目を剝《む》き、口をあんぐりあけて死んでいた。

……刀で頭を割られたか。

風間は、彦八を斬った下手人は武士だろうと踏んだ。刀傷であることは、まちがいないのだ。何者かは分からぬが、彦八の背後から幹竹割《からたけわ》りに斬り下ろしたらしい。後頭部が、深く斬り割られていることからかなりの剛剣であることが知れる。

「ひでえな……」

風間の密偵《てさき》のひとり長助《ちょうすけ》が、顔をしかめてつぶやいた。

風間と長助は、新堀川の岸辺近くの柳の樹陰にいた。彦八の死体は、岸際の叢《くさむら》のなかに仰臥《ぎょうが》していた。

風間たちのまわりには、大勢の野次馬が集まっていた。近所の住人や通りすがりの者がほとんどだが、岡っ引きや下っ引きらしい男の姿もあった。岡っ引きたちは、野次馬を死体のそばに近付けないように怒鳴り声を上げている。

今朝、風間が御徒町《おかちまち》の自邸にいると、長助が飛び込んできて、彦八が殺《や》られた、と知らせた。すぐに、風間は長助とともにこの場に駆け付けたのである。

「だれが、斬ったのだ……」

そうつぶやいた風間の声には、怒りのひびきがあった。

風間は二十代半ば、眉《まゆ》が濃く、頤《おとがい》の張った剽悍《ひょうかん》そうな面構《つらがま》えの主だった。その顔が、怒りに赭黒《あかぐろ》く染まっている。

そのとき、人垣でざわめきが起こり、人垣が左右に割れた。姿を見せたのは、火盗改の与力、雲井《くもい》竜之介《りゅうのすけ》である。

雲井は召捕・廻り方の与力で、風間は雲井の配下だった。ちなみに、火盗改の召捕・廻り方の与力は七騎、同心も七人である。

火盗改の御頭は横田《よこた》源太郎《げんたろう》松房《よしふさ》で、将軍出陣のおりに先鋒《せんぽう》をつとめる御先手組《おさきてぐみ》、弓組の頭でもあった。御先手組は弓組と鉄砲組に分かれていて、どちらかの頭が火付盗賊改役の御頭にも就いたのである。

火付盗賊改役は、通常「加役《かやく》」とも呼ばれていた。御先手組の御頭が、火付盗賊改役に出役《でやく》したからであろう。

竜之介は小袖《こそで》に袴姿で、平十《へいじゅう》という手先をひとりだけ連れていた。竜之介は、何人もの手先を連れて歩くことを嫌ったのである。平十は瀬川屋《せがわや》という船宿の船頭だったが、竜之介の密偵のひとりでもあった。

「雲井さま、彦八です」

風間は身を引いて、横たわっている死体に目をむけた。

「無残な……」

竜之介は、顔をしかめた。竜之介も、彦八のことは知っていたのである。

「下手人は武士のようだな。……しかも、遣い手らしい」

竜之介が小声で言った。

竜之介は三十がらみ、すらりとした長身だった。面長で、切れ長の目をしていた。目鼻立ちのととのった男前である。一見優男《やさおとこ》に見えるが、神道無念流の遣い手だった。刀傷を見ただけで、相手の腕のほどを見抜く目をもっている。

「…………」

風間は黙ってうなずいた。

「追剝《おいは》ぎや辻斬《つじぎ》りが、彦八を襲ったとは思えんが」

彦八は武士ではないし、金持ちにも見えないだろう。追剝ぎや辻斬りの類《たぐい》が、彦八を狙うとは思えなかった。

「彦八は、梟党を探っていました」

風間が竜之介に身を寄せて小声で言った。町方の岡っ引きや下っ引きたちに聞こえないよう気を遣ったようである。

「やはりそうか」

竜之介が顔をけわしくしてうなずいた。

そのとき、人垣の間から、「八丁堀《はっちょうぼり》の旦那《だんな》だ」、「南町奉行所《みなみ》の尾崎《おざき》さまだ」などという声が起こり、人垣が揺れて左右に割れた。

臨場したのは、南町奉行所、定廻《じょうまわ》り同心の尾崎峰次郎《みねじろう》だった。尾崎は小者や岡っ引きなど数人をしたがえていた。巡視の途中、手先から殺しの話を耳にして駆け付けたのかもしれない。

尾崎は竜之介を見ると、驚いたような顔をして足をとめ、

「これは、雲井さま、お早いお出まし、ごくろうさまです」

と言って、竜之介に頭を下げた。そのとき、尾崎の顔に渋い表情が浮いたが、すぐにそれを消して口元にとってつけたような笑みを浮かべた。

尾崎は竜之介が火盗改の与力と知っていて、丁寧な物言いをしたのだ。むろん、竜

之介も尾崎のことを知っていた。こうした事件の現場で、町奉行所の定廻り同心と顔を合わせることはめずらしくなかったのである。

それに、町奉行所の与力、同心は、火盗改のことを快く思っていなかった。それというのも、火盗改の取締りは、火付、盗賊、博奕《ばくち》などの凶悪犯罪が対象であるため、どうしても探索、捕縛、吟味などが手荒になった。疑わしい者は、まず捕縛して拷問にかけて自白させるといった荒っぽい方法をとったのだ。

それに比べて、町方は江戸市民の安寧を第一に考え、探索や吟味は丁寧であった。そうしたこともあって、町方の与力、同心には民政官としての自負もあり、火盗改を快く思っていない者が多かったのである。

「死骸《ほとけ》を見るか」

そう言って、竜之介は彦八の死体から身を引き、その場を尾崎にゆずった。これ以上、死体を見ていても仕方がないのである。それに、竜之介は風間から詳しく事情を聞きたかったのだ。

「では、死骸を拝ませていただきます」

尾崎は腰をかがめながら近付いて、横たわっている彦八のそばに膝《ひざ》を折った。これから検屍《けんし》を始めるつもりらしい。

竜之介と風間は人垣から離れ、川沿いの樹陰に歩を寄せた。陽射しが強くなってきたので、樹陰で話そうと思ったのだ。平十と長助も樹陰に来て、竜之介たちの後ろにひかえている。

「彦八は、梟党を探っていたのだな」

竜之介が風間に念を押すように訊《き》いた。

「はい。ですが、彦八がだれを探っていたかは、分かりません」

風間は、後ろに立っている長助に目をやって、

「おまえ、知っているか」

と、訊いた。

「知りやせん。……彦八は吉原を探ってみると、言ってやしたが」

長助によると、六日前に浅草寺の近くで彦八と顔を合わせたとき、彦八は吉原を探ってみる、と口にしたそうである。

「彦八が口にしたのはそれだけか」

風間が訊いた。

「へい、……当てのねえような口振りでした」

長助は首をひねった。記憶に残るような話はなかったのだろう。

「吉原か……」

竜之介がつぶやいた。顔は曇っていた。吉原だけでは、探索の手がかりにならない

とみたのであろう。

「ともかく、この界隈《かいわい》と吉原を探ってみますよ」

風間が言った。

「おれも、吉原を探らせてみよう」

竜之介はそう言い置き、平十を連れてその場を離れた。

3

竜之介は、柳橋《やなぎばし》の船宿、瀬川屋の二階の座敷にいた。座敷には、竜之介の使っている五人の密偵《てさき》が、顔をそろえていた。彦八の死体を検屍し、風間から話を聞いた後、竜之介が平十に指示し、五人を瀬川屋へ集めたのである。

竜之介は瀬川屋を贔屓《ひいき》にしていた。瀬川屋のあるじの吉造《よしぞう》や女将《おかみ》のおいそとは昵懇《じっこん》で、事件の探索のおりには、瀬川屋の離れに寝泊まりすることもあった。密偵たちを集めやすかったし、どこへ出かけるにも瀬川屋の舟が使えて便利だったからである。それに、吉造やおいそは、喜んで竜之介を離れに泊めてくれた。もっとも、離れといっても、亡くなった瀬川屋の先代が、隠居所として建てた家で、台所の他に居間と四畳半の寝間があるだけである。

瀬川屋の二階の座敷に集まったのは、瀬川屋の船頭の平十、蜘蛛《くも》の茂平《もへい》、手車売《てぐるま》りの寅六《とらろく》、鳶《とび》の千次《せんじ》、それに女掏摸《おんなすり》のおこんである。

竜之介は密偵たちと会うおり、瀬川屋の裏手にある離れに呼ぶことが多かったのだが、今日は五人全員を集めたので、二階の座敷を借りたのだ。竜之介の胸の内には、久し振りに密偵たちが顔を合わせるので、酒を馳走《ちそう》したい気持ちもあったのである。

「まァ、一杯やってくれ」

竜之介は銚子《ちょうし》を手にして、脇に座している平十と寅六の杯についでやった。それを見た茂平とおこんも酒をつぎあって、喉《のど》をうるおした。千次だけは若いこともあって、酒は付き合い程度しか飲まなかった。

いっとき酒を酌み合った後、

「彦八が、殺られたのを聞いているか」

竜之介が声をあらためて言った。

「へい」

寅六が返事をすると、他の四人はちいさくうなずいた。五人の目は、竜之介に集まっている。

「彦八は、黒田屋の件を探っていたらしい」

「梟党ですかい」

寅六が低いかすれ声で訊いた。

寅六は五十代半ば、陽に灼《や》けた浅黒い顔をしていた。面長で、細い目をしょぼしょぼさせている。小柄で、すこし背が丸まっていた。

寅六の生業《なりわい》は手車売りだった。手車は現代のヨーヨーで、寅六は人出の多い寺社の門前や広小路などで、手車をまわしながら売っていた。子供相手の商売である。仲間内では、手車の寅と呼ばれている。

「そうだ。……太刀筋から見て、彦八を殺ったのは、まちがいなく武士だ。それも腕が立つ」

彦八の後頭部が深く斬り割られていたことから、下手人は剛剣の主とみていた。

「雲井さま、梟党に二本差しはいなかったと聞いてやすぜ」

平十が言った。

「おれも、そう聞いている」

竜之介は、まだ直接梟党の探索にかかわってはいなかった。御頭の横田からの指図がなかったからである。ただ、梟党は鼠賊《そぞく》ではないと思い、配下の風間に探索するよう命じておいたのだ。

梟党は神田須田町の太物問屋、黒田屋に押し入り、内蔵《うちぐら》をあけて七百余両の大金を奪った。ただ、梟党は、ひとりも殺さなかった。侵入に気付いた手代ふたりを縛り上げただけである。

見事な手口だった。店の者には、ほとんど気付かせずに犯行を終えたのである。内蔵近くに寝ていたふたりの手代が目を覚ましただけで、他の奉公人や家人たちは賊の侵入さえ知らず、眠ったまま朝をむかえたのだ。店のなかに手引きした者がいたからである。後で分かったのだが、手引きしたのはその夜店に泊まったおしげという女中だった。おしげは、梟党が侵入できるように、表のくぐり戸をあけておいただけでなく、内蔵の鍵《かぎ》の在《あ》り処《か》まで教えておいたらしいのだ。

町方は、おしげが手引きしたことに気付くと、すぐにおしげの住む長屋に捕方《とりかた》をむけた。だが、一足遅かった。捕方が長屋に着いたのは、何者かが長屋に踏み込み、おしげを刺し殺した後だったのである。

ただ、ふたりの手代が梟党を見ており、賊が梟のような頭巾《ずきん》をかぶっていたことと、いずれも町人らしいことが分かった。

「すると、彦八さんを殺ったのは、梟党じゃァないってことかい」

おこんが、言った。

色白の頰や首筋が、ほんのりと紅葉色《もみじいろ》に染まっていた。おこんは年増《としま》だった。鼻筋の通った美人である。

おこんは女ながら、当たりのおこんと呼ばれた腕利きの女掏摸だった。そのおこんが、火盗改の与力と知らずに竜之介の懐を狙って押さえられた。

当たりのおこんという異名は、通りすがりに狙った相手の肩に自分の肩を当て、相手がよろめいた一瞬の隙をついて懐中の財布を抜き取る早業からきたらしい。

竜之介はおこんを捕らえ、吟味のおりにこの女なら、

……密偵《てさき》に使える。

と踏み、おこんにそれとなく訊くと、

「旦那《だんな》のためだったら、やってもいい」

と承知し、密偵になったのである。むろん、いまは掏摸から足を洗っている。

「まだ、何とも言えんな。彦八は、梟党を探っていて殺られたようだからな」

竜之介は、梟党もかかわっているような気がした。

「雲井さま、それであっしらはどう動きやす」

平十が訊いた。

「まだ、御頭からの御指図はねえが、風間の手先が殺られたとなると、黙って見てるわけにはいかねえな」

竜之介の物言いが伝法《でんぼう》になった。密偵たちと話しているときは、言葉遣いが乱暴になるのだ。

「そうとも、仲間が殺されたんだ。黙っちゃァいられねえ！」

千次が威勢のいい声を上げた。

千次はまだ十九だった。その若い千次が、竜之介の密偵になったのは、わけがあった。実は、千次の兄の又吉《またきち》も、軽身《かるみ》の又吉と呼ばれた竜之介の密偵だったのだ。ところが、十数年前、江戸市中を震撼《しんかん》させた深谷《ふかや》の宗兵衛《そうべえ》という盗賊の右腕だった甚蔵《じんぞう》という男が新たに徒党を組み、押し込み強盗を働いた。その甚蔵一味を探っているとき、又吉は一味のひとりに斬殺《ざんさつ》されたのだ。

弟の千次は竜之介が焼香のために又吉の住まいを訪ねたおり、竜之介と知り合い、兄の敵《かたき》を討ちたいと訴えた。竜之介は千次の一途《いちず》な思いを知って、千次に兄の敵を討たせてやったのである。

その後、千次は、

……雲井さまの手先になりたい。

と願い出て、竜之介の密偵のひとりにくわわった。それが、一年ほど前のことで、千次は、密偵としては駆け出しといっていい。

「千次、張り切るのはいいが、油断をすると彦八の二の舞いだぞ」

竜之介が窘《たしな》めるように千次に言ってから、

「梟党を探ってもらいてえが、いまのところこれといった手がかりはねえ。とりあえず、彦八が何を探っていたか、つきとめることからだが……。吉原、それに、賭場《とば》や岡場所にあたって、ちかごろ金遣いの荒くなったやつを洗ってみることから始めてくれ」

竜之介は、いずれ何か見えてくるだろうと思った。

4

「雲井さま、お茶を淹《い》れましょうか」

お菊《きく》が、竜之介に声をかけた。

お菊は瀬川屋のひとり娘だった。まだ、十七歳。色白でふっくらした頰をし、唇がちいさな花弁のように可愛い。なかなかの美人である。ただ、ひとり娘であまやかされて育ったせいか、おきゃんで子供らしさが残っている。

竜之介は、座敷につづく板敷きの間の框《かまち》に腰を下ろして、女将《おかみ》のおいそが支度してくれた朝餉《あさげ》を食べたところだった。炊きたてのめしに焼いた鰺《あじ》の干物と漬物、それにしじみ汁がついただけだったが、なかなかうまかった。おいその客に出す手のこんだ料理の味もいいが、こうしたどこの家でも出すような食べ物もうまかった。

「すまんな」

朝餉の後、竜之介は平十の舟で築地《つきじ》まで行くつもりだったが、座り直した。茶を飲んでからにしようと思ったのである。

　築地には、御頭の横田の屋敷があった。そこが、火盗改の役所にもなっていたのである。柳橋から築地まで歩くとかなりかかるが、舟ならばすぐだった。大川《おおかわ》を下り、掘割をすこしたどれば、横田屋敷の近くに出られるのだ。

　お菊は急須《きゅうす》で湯飲みに茶をつぎながら、

「雲井さまは、怖くないのね」

　と、竜之介を上目遣いに見ながら訊《き》いた。

「なぜ、そのようなことを訊くのだ」

「みんなが火盗改の方は怖いって言うけど、雲井さまは、ちっとも怖くないんだもの」

　お菊は、湯気の立つ湯飲みを竜之介の膝《ひざ》の脇に置いた。

「怖いぞ。そのうち、お菊をとって食うかもしれん」

　そう言うと、竜之介は目を細めて茶をすすった。熱い茶がうまかった。

「そんな冗談いわないでよ。……ねえ、今度、おっかさんと三人で、浅草寺にお参りに行かない」

　お菊が目を丸く瞠《みひら》いて、竜之介の顔を見ながら言った。

「おいそとふたりで、行ったらいいだろう」

竜之介は、女ふたりのお供は遠慮したかった。

「あたし、みんなに見せたいの。雲井さまは、怖いひとじゃァないってところを」

お菊のいうみんなとは、近所に住む同じ年頃の娘たちのことである。ときおり、いっしょに浅草寺にお参りに行ったり、小間物屋へ櫛《くし》や簪《かんざし》、それに手提げ袋などを買いに行ったりするようだ。

「怖がらせておけばいいだろう」

竜之介は、湯飲みを手にしたまま言った。

そのとき、戸口に走り寄る足音がした。だれか、店に来たらしい。それも、ひどく慌てているようだ。

戸口から飛び込んできたのは、千次だった。走りづめで来たらしく顔が紅潮し、額に汗が浮いていた。

「く、雲井さま、た、大変だ!」

千次が竜之介を見るなり声を上げた。

「待て、千次」

竜之介は、千次がしゃべろうとするのを制して立ち上がった。お菊が目を丸くして、千次を見つめている。竜之介は、事件にかかわることをお菊の耳に入れたくなかったのだ。お菊の口から情報が洩《も》れるのを恐れたのではなく、お菊が事件に巻き込まれないよう配慮したのである。お菊が事件のことを話すことで、火盗改とかかわりがあると思われ、口を割らせて情報を得ようとする者がいるかもしれないのだ。

竜之介は、千次の肩を押して店の外に連れ出してから、

「何があったのだ」

と、訊いた。

「梟党でさァ！」

千次が目を剝《む》いて言った。

「なに、梟党だと」

「小網町《こあみちよう》の松沢屋《まつざわや》に押し入ったんでさァ」

「米問屋か」

竜之介は、日本橋《にほんばし》小網町に松沢屋という米問屋があることを知っていた。日本橋川沿いは廻船《かいせん》問屋や米問屋などの大店《おおだな》が多いところだが、そうしたなかでも松沢屋は名の知れた大店である。

「へい」

「行ってみるか」

築地へ行くのは後だ、と竜之介は思った。

竜之介は、店のなかにとって返すと、

「お菊、おいそに、馳走《ちそう》になったと伝えてくれ」

と声をかけ、板敷きの間の框近くに置いてあった刀を急いで腰に帯びた。

おいそは、奥の板場で洗い物をしているようだった。竜之介は、朝餉の礼をおいそに言いたかったのだ。

「く、雲井さま、どこへ行くの」

お菊が、慌てた様子で跟《つ》いてきた。

「お役目だ」

竜之介はすこし語気を強くし、つっぱねるように言った。

戸口のところで、お菊の足がとまった。顔がこわばっている。竜之介のふだんとはちがう火盗改の与力としての怖い一面を感じたのかもしれない。

「く、雲井さま、舟で行きやすか」

千次が、竜之介の後に跟いてきながら訊いた。

「桟橋に平十がいるはずだ」

築地に行くため、平十が舟を出す用意をしているはずだった。平十は瀬川屋の船頭をしていたので、手がすいていれば、いつでも舟を出してくれた。瀬川屋は大川の岸辺にあり、裏手が大川である。

江戸の町は、河川や掘割が張りめぐらされていて、たいがいの場所は舟で行くことができた。舟を使えば、歩いていくよりはるかに早く目的地に着ける。そうした便利さもあって、何か事件が起こると、竜之介は瀬川屋に寝泊まりすることが多かったのだ。

竜之介と千次は、瀬川屋の脇から桟橋にむかった。瀬川屋専用の桟橋である。数艘《そう》の猪牙舟《ちょきぶね》が舫《もや》ってあり、その一艘に平十の姿があった。船底を這《は》うような恰好《かっこう》で、茣蓙《ござ》を敷いている。竜之介を乗せる支度をしているようだ。

平十は四十がらみ、丸顔で、目が細く小鼻が張っている。短軀《たんく》で、陽に灼《や》けた浅黒い肌をしていた。平十は仲間内で、「貉《むじな》の平十」と呼ばれていた。風貌《ふうぼう》が貉に似ていたからである。

「平十、舟を出せるか」

竜之介が声をかけた。

「へい」

平十は、船縁《ふなべり》から貉のような顔を突き出し、

「千次もいっしょかい」

と、驚いたような顔をして訊いた。

「とっつァん、梟党が松沢屋に押し入ったんだ。雲井さまとあっしで、小網町へ出かけるところよ」

千次が勢い込んで言った。

「梟党が松沢屋にね」

平十は、あまり驚かないようだった。梟党は他の店にも押し入るかもしれない、との思いがあったのだろう。

「そういうことでな。行き先は、小網町だ」

竜之介が、舟に乗り込みながら言った。

竜之介と千次が船底に腰を下ろすと、

「舟を出しやすぜ」

艫《とも》に立った平十が声を上げ、棹《さお》を手にして船縁を桟橋から離し、水押《みお》しを下流にむけた。棹捌《さば》きはたくみである。

大川の川面《かわも》が、夏の陽射しを反射《はね》て金砂を散らしたようにかがやいていた。そのひかりのなかを、竜之介たちの乗る舟はすべるように下っていく。

5

大川から日本橋川へ入り、鎧《よろい》ノ渡と呼ばれる渡し場を過ぎたところで、平十は水押しを右手の岸へむけ、

「舟を着けやすぜ」

と言って、桟橋に舟を寄せた。

右手の川沿いにひろがっているのが小網町で、廻船問屋や米問屋などの大店が目についた。

平十が舟を着けたのは、ちいさな桟橋だった。数艘の猪牙舟が舫ってあるだけで、船頭や荷揚げ人足などの姿はなかった。付近の廻船問屋か米問屋が利用している桟橋なのであろう。平十は長年船宿の船頭をしていることもあって、江戸の河川や掘割はむろんのこと、どこに舟をとめられる桟橋があるかまで熟知していたのだ。

船縁が桟橋に着くと、竜之介と千次は飛び下りた。そして、平十が舟を杭《くい》につなぐのを待ってから、川沿いの通りへ出た。

「松沢屋は、こっちでさァ」

先に立ったのは、平十だった。千次は、顔見知りのぼてふりに松沢屋に梟党が押し入ったことを聞いただけで、まだ松沢屋には行ったことがなかったのだ。

松沢屋は、日本橋川沿いの通りに面していた。米問屋の大店らしい土蔵造りの二階建ての店舗を構えていた。その店先に、人垣ができていた。通りすがりの野次馬らしいが、印半纏《しるしばんてん》姿の船頭や半裸の荷揚げ人足、それに盤台をかついだぼてふりなどが目についた。日本橋川沿いに、魚河岸と米河岸があるせいであろう。

松沢屋の大戸はしめてあったが、脇の一枚だけはあいていた。そこから店内に出入りできるらしい。

「入らせてもらうぜ」

竜之介は、戸口に立っていた初老の岡っ引きに声をかけた。名は知らなかったが、見たような顔なので、竜之介のことを知っているのだろう。

「へ、へい」

初老の男は頭を下げると、慌てて身を引いた。顔がこわばっている。やはり、竜之介が火盗改の与力であることを知っているようだ。

平十と千次は、竜之介の後を跟《つ》いてきた。

店の敷居をまたぐと、ひろい土間になっていた。なかは薄暗かったが、すぐに目が慣れた。土間の隅に、米俵が十俵ほど積んであった。荷揚げされたばかりの米俵の一部かもしれない。その土間に、十人ほどの男が立っていた。店の奉公人と町同心の手先らしい男たちだった。見知った顔の岡っ引きや下っ引きの姿があった。いずれも、けわしい顔をしている。

土間の先がひろい板敷きの間になっていた。右手が帳場で、左手の奥に二階へつづく階段があった。

板敷きの間にも、数人の男が立っていた。岡っ引きらしい男がふたり、それに羽織

いか。それに、帳場格子の脇には南町奉行所の同心、尾崎峰次郎の姿もあった。板敷きの間にいる岡っ引きは、尾崎の手先らしい。

尾崎たち町奉行所の同心の住む組屋敷は八丁堀にあった。八丁堀は松沢屋のある小網町から見て、日本橋川の対岸にある。鎧ノ渡を舟で渡ればすぐだが、舟を使わなくても江戸橋《えどばし》を渡れば、それほど時間はかからない。おそらく、尾崎は出仕前に手先から松沢屋に盗賊が押し入ったことを耳にして駆け付けたのだろう。

尾崎のそばにいた岡っ引きらしい男が竜之介の姿を目にすると、慌てて尾崎のそばに行き、何やら耳打ちした。

尾崎は竜之介に目をむけて渋い顔をしたが、すぐに表情を消し、

「雲井さま、ごくろうさまでございます」

と、丁寧な口調で言って頭を下げた。

「そのふたりは、松沢屋の者か」

竜之介が尾崎に近付いて訊いた。

「はい、あるじの惣右衛門《そうえもん》と番頭の嘉蔵《よしぞう》です」

大柄な男が先に頭を下げたので、あるじらしいことが分かった。もうひとり、瘦身《そうしん》の男が番頭であろう。ふたりの顔はいくぶん蒼《あお》ざめ、怯《おび》えたような表情を浮かべてい

た。ふたりの着物の襟元が乱れているのは、慌てて寝間着を着替えたからであろうか。

「話がすんだら、おれも訊《き》きたいのだがな」

竜之介は、先着した尾崎の顔をたてたのである。

「恐れ入ります。番頭からは、話を聞き終えましたので」

尾崎は、嘉蔵に、火盗改の雲井さまだ、包み隠さず申し上げろ、と小声で言い添えた。嘉蔵は腰をかがめ、恐る恐る竜之介に近付いてきた。

竜之介は嘉蔵を板敷きの間の隅に連れていった。尾崎の訊問《じんもん》の声がとどかないように離れたのである。

「押し込みに殺された者は」

竜之介が念を押すように訊いた。

「お、おりません」

嘉蔵が震えを帯びた声で言った。肩先がかすかに震えている。火盗改と聞いて、不安と畏《おそ》れの気持ちが高まったのかもしれない。

「怪我をした者は？」

「ひとりも、おりません」

「それで、押し入ったのは梟党だそうだな」

竜之介は、千次から梟党と聞いていた。

「そ、そうです」

嘉蔵が顔をゆがめて言った。

「どうして、梟党と分かったのだ」

「手代の松次郎《まつじろう》と太吉《たきち》が、見たのです」

嘉蔵によると、ふたりは廊下沿いの手代部屋に寝ていたという。まず、松次郎が廊下を歩く複数の足音に気付き、隣に寝ていた太吉を揺り動かして起こし、ふたりで障子の破れ目から廊下を覗《のぞ》いたそうだ。そのとき、内蔵《うちぐら》から帳場の方へもどる賊の姿を目にしたという。

「お、押し込みは、黒い梟のような頭巾《ずきん》をかぶっていたそうです」

嘉蔵が言い添えた。

「それで、奪われた物は」

竜之介が、声をあらためて訊いた。梟党のことは、後でふたりの手代に訊いてみようと思ったのだ。

「う、内蔵があけられまして、千両箱と丁銀箱が盗まれました」

嘉蔵によると、千両箱には七百余両、丁銀箱には二百両から三百両ほど入っていたのではないかと言い添えた。

「都合、千両ほどか」

大金である。盗賊は小銭に手を出さず、千両箱と丁銀箱だけを奪ったらしい。

「内蔵を破ったのか」

竜之介が訊いた。

「それが、鍵《かぎ》であけたようです」

「まさか、賊が合鍵を持っていたわけではあるまい」

「ちょ、帳場の、脇の小簞笥《こだんす》にしまっておいた鍵を使ったようです。……ひ、引き出しがあいたままで、鍵がなくなっていました」

嘉蔵の声が、また震え出した。使われた鍵の管理は、番頭にまかされていたのかもしれない。それで、あらためて責任を感じたのだろう。

「引き出しをあければ、すぐ分かるところにしまってあったのか」

竜之介が訊いた。

「い、いえ、古い帳面の間に挟んで隠してありましたので、引き出しをあけても分かりません」

嘉蔵が首を横に振りながら言った。

「となると、梟党は、はじめから鍵の在《あ》り処《か》を知っていたとみていいな」

須田町の黒田屋と同じ手口である。店のことを知っている者が、梟党の手引きをしたのではあるまいか。

「…………」

嘉蔵は困惑したような顔をして足元に視線を落とした。嘉蔵も、手引きした者がいたと思っているのかもしれない。

「ところで、賊が侵入したのはどこだ」

竜之介が訊いた。

「今朝、くぐり戸があいていました」

嘉蔵によると、昨夜、寝る前に鍵締まりを見たときは、くぐり戸はしまっていたという。戸は猿《さる》（戸をとめる木片）を差し込むとあかない仕組みになっているそうだ。

「店の者で、賊の手引きをした者がいるのではないか」

竜之介が声を低くして訊いた。

「て、てまえには、分かりません」

「店に姿を見せてない者は、いないのか」

手引きした者が、そのまま店にとどまっているとは思えなかった。

「……し、下働きの吾助《ごすけ》が、いませんが」

「吾助は住み込みか」

「は、はい、昨夜は店にいたはずですが、今朝姿が見えないのです」

嘉蔵が震えを帯びた声で話したことによると、吾助は台所のそばにある奉公人部屋に寝泊まりしているという。

「もぬけの殻なのか」

竜之介は、吾助が手引きしたにちがいないと思った。住み込みで下働きをしている者なら、店の事情は分かっているだろうし、番頭が小簞笥の引き出しに内蔵の鍵をしまっていることも知っていたかもしれない。

「は、はい……」

「吾助の家族の家はどこだ」

思わず、竜之介の語気がするどくなった。竜之介の脳裏に、黒田屋で手引きした女中のおしげのことがよぎったのだ。

黒田屋の場合、町方が賊の手引きをしたのはおしげらしいと気付き、すぐにおしげの住む長屋に急行したが、一足遅かった。おしげが、何者かに刺し殺された後だったのである。

吾助は住み込みだというが、家族の家はあるだろう。家族の者に訊けば、吾助の行き先が分かるかもしれない。

「な、長屋です」

「長屋は、どこだ」

竜之介はすぐにも駆け付けなければならない、と思った。

「堀江町《ほりえちよう》の、初兵衛店《はつべえだな》です。御番所（町奉行所）の浅井《あさい》さまが、さきほど行かれましたが……」

浅井忠之助《ただのすけ》は、尾崎と同じ南町奉行所の定廻《じようまわ》り同心である。おそらく、尾崎とともに臨場し、嘉蔵から吾助のことを聞いて、すぐに初兵衛店にむかったにちがいない。

「そうか」

尾崎がのんびり構えているのは、浅井が吾助を押さえに出向いているからであろう。竜之介も焦ることはない、と思ったが、そばに立っていた平十と千次に、ふたりで初兵衛店に行って、様子を見てこい、と命じた。

6

竜之介は嘉蔵から一通り話を聞くと、惣右衛門からも話を聞いてみたが、たいしたことは分からなかった。嘉蔵とほとんど同じことを答えただけである。惣右衛門は、賊が入ったことも知らずに二階の寝間で家族とともに朝まで寝ていたという。家族は惣右衛門の他に女房、十三になる倅《せがれ》、七つになる娘がいるそうである。

「み、みんな、無事でしたので、不幸中の幸いと思わねばなりません」

惣右衛門が、声を震わせて言い添えた。

その後、竜之介は松次郎と太吉を呼んで話を聞いた。

ふたりによると、障子の破れ目から賊を目撃した後、気付かれると殺されると思い、音のしないように障子のそばから離れ、布団のなかにもぐり込んで息をつめていたという。

竜之介が訊いた。

「賊は何人だった」

「て、てまえたちが見たのは、四人です」

松次郎が言うと、脇に立っていた太吉がうなずいた。四人とも黒装束で、目だけ出る黒頭巾を頭からかぶっていたという。

「か、顔が、梟《ふくろう》のように見えました」

松次郎が、声を震わせて言った。

「ほかに仲間がいた様子は、ないのか」

黒田屋に押し入った梟党は、六人とのことだった。

「帳場の方で、物音が聞こえたので、いたかもしれません」

おそらく、帳場にふたり残っていたのだろう。

「刀を差した者は、いなかったか」

竜之介は四人のなかに武士がいなかったか、確かめたのである。

「刀を差した者は、いないようでした」

今度は、太吉が答えた。

それから、竜之介は四人の賊の背丈や体付きなどを訊いたが、ふたりとも気が動転していたらしく、黒装束だったというだけで体軀《たいく》さえあまり覚えていなかった。

竜之介は松次郎と太吉を解放した後、念のため表のくぐり戸を見てみた。壊された様子はなかった。嘉蔵の言ったとおり、猿を差し込むと、戸はあかないようになっていた。外からあけるのは無理である。

……やはり、手引きがいたな。

竜之介がそう思って、くぐり戸に背をむけたときだった。

戸口の向こうで、駆け寄る足音がした。振り返って、あけられた引き戸から外に目をやると、千次が走ってくる。

……足は又吉より速いな。

竜之介は苦笑いを浮かべた。千次の兄の又吉は身軽で駿足《しゅんそく》だったが、足の速さは千次の方が上らしい。

「どうした、千次」

竜之介が戸口に出て訊いた。

「や、殺《や》られやした、吾助が！」

千次が荒い息を吐きながら言った。

「なに！」

思わず、竜之介は声を上げた。

……手が早い！

と、思った。竜之介の胸の内には、嘉蔵から吾助の話を聞いたときから、黒田屋のおしげと同じように殺されるのではないかとの懸念があったが、こんなに早いとは思わなかった。

「吾助は、長屋で殺されたのか」

「それが、千鳥橋《ちどりばし》の近くなんでさァ」

千鳥橋は、浜町堀《はまちょうぼり》にかかる橋である。初兵衛店のある堀江町から、それほど遠くない。千次が早口でしゃべったことによると、初兵衛店の住人が近くを通りかかって吾助が殺されているのを目にし、長屋まで知らせにもどったという。そのとき、千次と平十は長屋に居合わせ、住人から話を聞いたふたりは千鳥橋の近くの現場にむかい、千次だけが竜之介に知らせにもどったそうだ。

「行ってみよう」

竜之介は松沢屋で一通り話を聞き終え、店を離れてもよかったので、吾助の死体を見てみようと思ったのだ。

「あっしが、案内しやす」

千次が先に立って歩きだした。

竜之介と千次は、堀留町《ほりどめちょう》と新材木町《しんざいもくちょう》の間の表通りを東にむかった。その通りを真っ直ぐ行けば千鳥橋に突き当たる。

しばらく町筋を歩くと、前方に千鳥橋が見えてきた。夏の陽射しが橋を照らしている。その眩《まばゆ》いひかりのなかに、橋上を行き来する人の姿が米粒ほどに見えた。押し込みや人殺しとは、縁のないようなのどかな光景である。

竜之介たちは、橋のたもとまで来た。付近に殺しの現場を思わせるような人だかりはなかった。

「雲井さま、あそこです」

千次が、堀沿いの通りを指差した。

二町ほど先の堀際に、人だかりができていた。通りすがりの者や近所の住人たちが集まっているようだ。

「八丁堀もいやす」

足早に歩きながら、千次が言った。

八丁堀同心は小袖《こそで》を着流し、羽織の裾《すそ》を帯に挟む巻き羽織と呼ばれる恰好《かっこう》をしているので、遠目にもそれと知れるのだ。

浅井らしい。おそらく、初兵衛店から、吾助の殺された現場へまわったのだろう。

「風間もいるな」

浅井の近くに、風間と平十の姿もあった。風間も、手先から話を聞いて駆け付けたのであろう。

竜之介と千次が近付くと、

「雲井さま、こちらへ」

平十が人垣を分けて、竜之介を通した。

風間と浅井も竜之介に気付くと、すこし後ろに下がって前をあけた。ふたりの足元近くに、吾助の死体があるらしい。

「雲井さま、死骸《ほとけ》を見てください」

風間が小声で言った。顔がこわばっている。ただの死体ではないのかもしれない。

吾助の死体は、土手際の叢《くさむら》のなかに仰臥《ぎょうが》していた。

……こ、これは！

竜之介は息を呑《の》んだ。

無残な死に顔だった。吾助は、頭から額にかけて縦に斬り割られていた。傷口が柘《ざく》榴《ろ》のようにひらいている。赭黒《あかぐろ》い血が顔面をおおい、目尻《めじり》が裂けるほど瞠《みひら》かれた両眼が、凝血のなかに白く飛び出したように見えた。

「彦八と同じような傷です」

風間が竜之介に身を寄せて小声で言った。

「そのようだ」

刀傷である。吾助の場合は、正面から幹竹割《からたけわ》りに斬られたらしい。下手人はまちがいなく武士であろう。

「彦八を斬った手とみましたが」

風間が言った。

「同じ下手人だな」

竜之介も、彦八と吾助は同じ者の手にかかって斬り殺されたとみた。下手人は剛剣の主らしい。

……やはり押し込み一味に、武士がいるようだ。

となると、押し込んだ六人の賊の他にも、仲間がいることになる。あるいは、黒田屋と松沢屋に押し入った六人のなかに武士もいたが、町人ふうの恰好に身を変えていたとも考えられる。いずれにしろ、腕のたつ武士が、押し込み一味のなかにいるとみていい。

「ともかく、吾助の身辺を洗ってみますよ」

風間が低い声で言った。

「風間、用心しろ。……盗賊一味は探索の手が自分たちに迫っているとみれば、仲間であれ町方であれ、情け容赦なく始末するようだぞ」

おしげと吾助だけではなかった。彦八も殺されているのである。

「油断はしません」

風間がけわしい顔でうなずいた。

7

松沢屋に盗賊が押し入った二日後、竜之介は平十の舟で築地に出かけた。火盗改の御頭、横田源太郎の屋敷である。その屋敷が、火盗改の役所でもあった。

竜之介は玄関脇の与力の詰所に腰を落ち着けてから横田家の用人、松坂清兵衛《まつざかせいべえ》に会い、御頭が屋敷にいるか訊《き》くと、在宅しているとのことだった。

「おりいって、御頭のお耳に入れておきたいことがあるのだが、御頭のご都合はいかがでござろうか」

竜之介が訊くと、松坂は、

「殿にお訊きしてこよう」

と言い残して奥へもどり、横田につないでくれた。

松坂は、竜之介を屋敷の奥の中庭に面した座敷に案内した。そこは、御指図部屋と呼ばれ、横田が火盗改の与力や同心と会って、探索や捕縛の指図をするおりに使われている部屋だった。

竜之介が座敷に端座していっとき待つと、廊下を歩く重い足音がし、障子があいて横田が姿を見せた。小袖に角帯姿のくつろいだ恰好である。

横田は上座に膝《ひざ》を折ると、

「雲井、そろそろ来るころかと思っていたぞ」

と、竜之介を見つめながら言った。鋭い眼光である。

横田は眉《まゆ》が濃く、頤《おとがい》の張ったいかつい面構《つらがま》えをしていた。四十三歳の男盛りで、剛勇の主だった。横田は探索や捕縛など、与力や同心にまかせっきりではなかった。火盗改の御頭として自ら市中の盛り場や江戸近辺の宿場などを忍び歩き、無宿人や博奕《ばくち》打ちらしい男を捕らえて、拷問にかけたりすることもあったのだ。

「ちかごろ市中を騒がせている梟党のことであろう」

横田が言った。おそらく、横田は役所詰与力や頭付《かしらづき》同心から事件の情報を得ているにちがいない。

「いかさま」

「話してみろ」

「梟党は市中の二軒に押し入り、およそ千七百両の大金を奪っております」

竜之介は、梟党と呼ばれている六人の盗賊が、太物問屋の黒田屋と米問屋の松沢屋に押し入ったことを言い添えた。

「聞くところによると、梟党は押し入った店の者には危害をくわえず、金だけを奪ったそうではないか」

「そのようでございます」

竜之介は、殺されたおしげ、吾助、彦八のことは口にしなかったが、いずれ、話の進みぐあいをみて知らせるつもりだった。

「それで、下手人の目星は」

横田が訊いた。

「いまのところ、賊は六人ということだけで、まったく目星はついておりません」

「町方も動いておろうな」

「それがしが目にしたのは、南町《みなみ》奉行所の者ふたりでございます」

いまのところ、直接顔を合わせたのは尾崎と浅井だけだったが、これだけ大きな事件であれば、当然他の同心も動いているはずである。南町奉行所だけでなく、北町奉行所の同心も探索に当たっているとみなければならない。

「われらの手で捕らえたいものだな」

横田が顔をけわしくして言った。

火盗改にとって、盗賊の探索、捕縛は大きな任務である。しかも、相手が江戸市中を騒がせている梟党となれば、何としても火盗改の手で捕らえたいと思うのは当然であろう。

「御頭」

竜之介が声をあらためて言った。

「梟党は、押し入った先では人殺しをしておりませんが、すでに三人手にかけているようでございます」

「ほう、三人も殺しておるのか」

横田がギョロリとした目を竜之介にむけた。

「はい、一味を手引きしたと思われる店の奉公人をふたり、それに風間の手先をひとり、手にかけております」

竜之介は、三人の名をあえて口にしなかった。御頭の耳に名まで入れることはないと思ったのだ。

「梟党は六人と聞いておるが、その者たちが手にかけたのだな」

横田が訊いた。

「押し入った六人の賊とは、別の者かもしれません」

竜之介は、黒田屋と松沢屋に押し入った六人はいずれも町人体《てい》であったことを話した。その上で、奉公人ひとりと手先は、まちがいなく刀で斬られていることを言い添えた。

「すると、武士が一味にくわわっているのか」

横田が驚いたような顔をした。

「それも、腕の立つ武士と思われます」

下手人は、彦八と吾助を一太刀で仕留めていた。しかも、剛剣の主である。相手は町人だが、いずれも頭を一太刀で斬り割っているのだ。下手人は腕がたち、しかも何度か斬殺《ざんさつ》の経験のある者とみていい。

「梟党は、六人だけではないかもしれません」

竜之介は、店に押し入った六人の他にも仲間がいるのではないかとみていた。それも、ひとりではなく何人かいるかもしれない。いまのところ武士がいるらしいということだけで、他の仲間は見えていなかったが、竜之介は梟党の背後にさらに巨悪がひそんでいるような気がしたのだ。

「うむ……」

横田の顔がけわしくなった。底びかりのする双眸《そうぼう》が、虚空を睨《にら》むように見すえている。

「それに、梟党はこれからも大店《おおだな》に押し入るかもしれません」

竜之介は、梟党がこれで押し込みをやめるとは思えなかった。さらに、大店を襲うのではあるまいか。

そうなると、また手引き役の者を斬り殺すかもしれないし、探索にあたっている八丁堀や火盗改の手先を手にかけるかもしれない。

「雲井、梟党はこそ泥ではないようだが、頭目は何者なのだ」

横田が竜之介に目をむけて訊いた。

「いまのところ、まったくつかめておりません」

頭目どころか、六人をたどる手がかりもほとんどないのだ。

「手口はちがうようだが、深谷《ふかや》の宗兵衛《そうべえ》ということはあるまいな」

横田がつぶやくような声で言った。

「深谷の宗兵衛……」

雲井の胸に、宗兵衛のことが蘇《よみがえ》った。

深谷の宗兵衛は、十数年前、江戸市中を震撼《しんかん》させた盗賊の頭目だった。宗兵衛が中《なか》山道《せんどう》の深谷宿の生まれだったことから、深谷の宗兵衛と呼ばれていた。

宗兵衛一味は七人で徒党を組み、市中の大店に押し入って店の者を皆殺しにするという荒っぽい手口で大金を強奪した。二年ほどの間に六店に押し入り、都合七、八千両もの大金を奪うと、ぷっつりと姿を見せなくなってしまった。町方と火盗改が必死で一味の探索にあたったが、結局ひとりも捕らえられず、十数年が過ぎてしまった。その後の宗兵衛一味の消息はまったく知れなかった。

ところが、一年ほど前、七人の盗賊が宗兵衛一味とまったく同じ手口で、江戸の大店に押し入った。そして、押し入った店で奉公人やあるじ一家を殺戮《さつりく》し、二店から千八百両ほどの大金を奪った。

竜之介をはじめとする火盗改の者は、この盗賊の探索にあたり、頭目以下七人の者を捕らえたり、抵抗したため斬殺したりして始末をつけたのだ。

その一味のなかに、宗兵衛の右腕の甚蔵《じんぞう》、子分の駒五郎《こまごろう》、安次郎《やすじろう》の三人がいた。宗兵衛一味七人のうち三人は捕縛されたり仲間に斬殺されたりしたが、まだ四人の行方が知れなかったのだ。それに、十数年前、宗兵衛の子分たちは偽名を使っていたらしいので、名も不明であった。

「だが、梟党の手口は、宗兵衛一味とはまったくちがうようだ」

横田が低い声で言った。

「それに、宗兵衛は老齢ですから、盗賊の頭目として大店に押し入るのは無理だとみております」

十数年前、宗兵衛の歳は四十代半ばではないかとみられていた。その後、十数年経っているので、いま生きていれば還暦にちかいはずである。盗賊の頭目として、商家に押し入るのは無理であろう。

……だが、黒幕として一味を動かすことはできる。

と、竜之介は思った。

ただ、手口がまったくちがうので、宗兵衛とかかわりがあるとみるのは早いのかもしれない。

「いずれにしろ、われら火盗改の手で賊を捕らえたいものだ」

「いかさま」

「雲井、ただちに探索にあたれ」

横田が静かだが、重いひびきのある声で言った。

第二章　探　索

1

風間柳太郎は庭の見える縁先で、母親のくにが淹《い》れてくれた茶を飲んでいた。風間は三十俵二人扶持《ぶち》で、組屋敷は御徒町にあった。板塀をめぐらせた小体《こてい》な屋敷である。屋敷付近には御先手《おさきて》組《ぐみ》同心の組屋敷がつづき、顔見知りも多かった。

縁側のつづきの居間にいた弟の達次郎《たつじろう》が、

「兄上、梟党《ふくろうとう》の探索にあたっているのですか」

と、目を瞠《みひら》いて訊《き》いた。

達次郎は風間に似て、大柄でがっちりした体躯《たいく》をしていた。眉《まゆ》が濃く、頤《おとがい》が張っているのは、兄とそっくりである。達次郎の歳は十八、神田松永町《まつながちょう》にある心形刀流《しんぎょうとうりゅう》の伊《い》庭軍兵衛《ばぐんべえ》の道場に通っている。

伊庭道場は、江戸の四大道場のひとつと謳《うた》われて多くの門人を集めていた。そうした多数の門人のなかでも、達次郎はなかなかの遣い手と噂されていた。ただ、兄の風間から見ると、まだ子供のように思えるところがあった。兄が火盗改の召捕《めしとり》・廻《まわ》り方の同心のせいもあるのか、達次郎は捕物に興味を持っていて、何か事件があると風間にいろいろ訊くのである。訊くだけならいいのだが、首をつっ込みたがり、兄上、何かお手伝いしましょうか、などと言い出す始末なのだ。

風間家は、五人家族だった。隠居した父親の佐兵衛《さへえ》、母親のくに、妹の佐枝《さえ》、それに、達次郎と風間である。加えて、家族ではないが、下働きの竹吉《たけきち》という年寄りがいた。

「まァ、そうだ」

風間は気のない返事をした。

達次郎は、風間が江戸市中で噂されている梟党の探索にあたっていることを知っていて、いつになく興味を持っているようなのだ。

達次郎はすぐに縁先に出てきて、

「一味は、六人だそうですね」

と、声をひそめて訊いた。風間にむけられた目が、好奇心でひかっている。

「ああ……」

「それで、下手人の目星は」

「まだだ」

風間は露骨に渋い顔をし、探索については、家族であっても話せぬ、とつっぱねるように言った。

「そうでしょうね」

達次郎がうなずきながら言った。いつものことなので、達次郎はまったく気にしない様子だった。風間の脇から離れようともしない。

「梟党が大店《おおだな》に押し入るおりには、手引きする者がいると聞きましたよ」

達次郎が、もっともらしい顔をして言った。

「おまえな、事件のことより、剣術の稽古《けいこ》が大事ではないのか。暇なら、庭に出て木刀の素振りでもしたらどうだ」

そう言って、風間が冷たくなった茶を一気に飲み干した。

そのとき、戸口で話し声が聞こえた。母親のくにがだれかと話しているらしい。相手は男の声だったが、だれなのかは分からなかった。

すぐに、廊下を歩くくにの足音がし、障子があいた。

「柳太郎、長助が来てますよ」

くにが、すこし間延びした声で言った。長助は、何度か風間家に来たことがあるのでくにも知っていたのである。

くには四十代半ば、大柄ででっぷり太っていた。顔が大きいわりには、目鼻がちいさかった。ふっくらした白い頰をしている。風間と達次郎の体軀は母親似だが、顔はあまり似ていなかった。顔の方は父親に似たのかもしれない。

「何か、言ってましたか」

風間が訊いた。

「おまえに、伝えたいことがあるそうですよ」

くにが、のんびりした口調で言った。くにはいつもゆったりと構え、こせこせしたところがまったくなかった。その体付きとあいまって、ひどく鷹揚《おうよう》に見える。

「会ってみよう」

風間は、すぐに立ち上がった。長助を家に入れて話を聞くわけにはいかなかった。好奇の目をむけている達次郎の前では、口にできない内容だと思ったのである。

風間が戸口に出るとすぐに、長助が、

「旦那《だんな》、彦八のことで、お耳に入れておきたいことがありやす」

と、小声で言った。

「外で話を聞こう」

風間は戸口の草履をつっかけて、外へ出た。

風間と長助は、御先手組の組屋敷や小体な武家屋敷のつづく通りを歩きながら話した。

「彦八はやはり吉原を探っていたようなんで」

長助が言った。

「それで、何か知れたのか」

歩きながら、風間が訊いた。

「へい、吉原を縄張《なかしま》にしている地まわりをあたりやしてね。……藤助ってえやつが言うには、彦八は敏造ってえやつを追ってたらしいんでさァ」

長助によると、藤助から話を聞いた後、さらに吉原で聞き込み、敏造が揚屋町の福乃屋という半籬《はんまがき》によく顔を出していたことが分かったという。

「敏造な」

風間は、彦八から敏造の名を聞いていなかった。敏造という男は梟党と何かかかわりがあるのだろうが、はっきりしないので、風間には話さなかったのかもしれない。

「それで、揚屋町の福乃屋に張り込み、敏造が姿を見せるのを待って、跡を尾《つ》けたんでさァ」

「敏造の塒《ねぐら》が、知れたのか」

「知れやした」

風間が長助に顔をむけて訊いた。

「どこだ」

風間が足をとめた。

「浅草阿部川町の借家でさァ」

長助も足をとめ、風間に顔をむけて言った。

「阿部川町だと！　彦八が殺されたのも、阿部川町ではないか」

思わず、風間の声が大きくなった。

「それも、敏造の隠れ家は、彦八が殺された近くなんでさァ」

長助が目をひからせて言った。

「そうか。彦八は敏造を見張っていて、殺《や》られたのか」

風間は、彦八がなぜ阿部川町で殺されたのか分かった。彦八は敏造が梟党とかかわりがあるとみて身辺を探っているうちに気付かれ、斬り殺されたのであろう。

「あっしも、そうみやした」

「敏造だが、いまも借家にいるのか」

敏造が梟党のひとりなら、一味のことが知れるだろう。それに、敏造が梟党六人のうちのひとりでなかったとしても、彦八と吾助を斬った下手人とつながりがあるのはまちがいない。

「それが、敏造のやつ、阿部川町の借家にはあまり帰《けえ》ってこねえようなんで」

長助によると、敏造はちかごろ借家にいないことが多いという。借家の近所で敏造のことを聞き込んで分かったそうだ。

「用心して、塒に近付かないようにしてるのかもしれねえな」

風間はゆっくりとした歩調で、歩きだした。風間の物言いが乱暴になった。火盗改の同心も、手先と話すときはどうしても伝法《でんぼう》な物言いになる。

「それでも、敏造は塒に帰ってくるはずでさァ。あっしが、吉原から尾けたときも、阿部川町の借家に帰ったんですからね」

長助がつぶやくような声で言った。

「…………」

「もうすこし、塒を張ってみやすよ。どこか、別の場所に塒があるなら、そこも嗅《か》ぎ出しやす」

長助が自分に言い聞かせるような口調で言った。

「長助、気付かれるなよ。彦八の二の舞いだぞ」

敏造は用心しているだろう。尾行に気付かれれば、彦八と同じように始末されるかもしれない。

「用心しやすよ。……彦八の弔い合戦でさァ」

長助が虚空を睨《にら》みながら言った。

2

「あの下駄屋だな」

蜘蛛《くも》の茂平は、小体《こてい》な下駄屋を目にして足をとめた。下駄屋の脇に長屋につづく路地木戸があった。木戸の先に初兵衛店があるらしい。

茂平は、吾助のことを探ってみようと思い、堀江町の初兵衛店までの道筋を平十に訊いてきたのだ。平十は茂平に、下駄屋の脇に路地木戸があるからそれを目印にするといい、と教えてくれた。

念のために、下駄屋の店先にいた親爺《おやじ》に訊くと、やはり初兵衛店とのことだった。

……さて、どうするか。

路地木戸の前で、茂平は迷った。このまま長屋に踏み込んで、住人に話を聞く手もあるが、茂平は岡っ引きのような聞き込みは、どちらかというと苦手だった。

茂平は、盗人《ぬすっと》仲間から蜘蛛と呼ばれていたひとり働きの盗人だった。家屋敷に侵入すると、家の者が寝込むまで蜘蛛のように天井裏に張り付いていたり、気配を感じさせずに暗がりに身をひそめていたりするのだ。それで、蜘蛛という異名がついたのだった。

茂平の歳は、はっきりしなかった。顔は四十がらみに見えるが、体付きや動きは三十そこそこにしか思えない。丸顔で肌が浅黒く、地蔵のような細い目をしている。

茂平は盗人仲間の密告で竜之介に捕らえられたが、

「どうだ、おれの密偵《てさき》にならねえか」

と竜之介に訊《き》かれ、承知したのである。

竜之介は茂平の家屋敷に侵入する腕に感心し、この男なら密偵に使えると踏んだのである。

茂平はこのまま死罪になるよりましだと思ったことと、

……おれを密告《さ》した仲間に仕返ししてやりてえ。

との思いがあって、密偵になることを承知したのだ。

茂平は竜之介の密偵として探索にあたっているうちに、竜之介に男気を感じ、しかも竜之介が盗人だった自分を信用してくれるので、本気で密偵として動くようになったのである。むろん、盗人から足は洗っている。

茂平は寡黙な男だった。その上、盗人だったこともあって見ず知らずの者に声をかけて話を聞き出すのは得意ではなかった。

茂平が路地木戸の前で逡巡《しゅんじゅん》していると、木戸の向こうからバタバタと足音がひびき、男児《おとこのこ》が三人、長屋から駆け出してきた。いずれも、十歳前後と思われる子で、芥子《けし》坊《ぼう》を伸ばして中剃《なかぞ》りしている。

ひとりが、棒切れを持って前のふたりを追っていた。三人は笑いながら走っているので、喧嘩《けんか》ではないらしい。ただ、追いかけっこをしているだけのようだ。

……餓鬼に訊いてみるか。

と茂平は思い、走ってくるふたりの前に立った。子供の方が訊きやすいと思ったのである。

「お、ちょいと、足をとめてくれ」

茂平が細い目をさらに細めて言った。

「な、なんだい、おいちゃん」

痩《や》せた子が丸く目を剝《む》いて、茂平を見上げた。

跡を追ってきた子も棒切れを手にしたまま、ふたりの後ろに立って茂平を見上げている。

「おめえたちに、訊きてえことがあってな」

そう言うと、茂平は懐から巾着《きんちゃく》を取り出し、波銭を三枚つまみ出して、とっとけ、と言って、一枚ずつ三人の手に握らせてやった。

「お、おいらに、くれるのか」

年嵩《としかさ》と思われる背の高い子が、声をつまらせて言った。

「ああ……。そのかわり、おれの話を聞いてくんな」

「き、聞くぞ」

年嵩の子が目を剝いて言うと、他のふたりも銭をにぎりしめたままうなずいた。どんぐりのような眸《め》が、六つ並んでいる。

「おめえたちの長屋に、吾助という男が住んでいたな」

吾助が殺された後、茂平は平十から吾助は初兵衛店に住んでいたらしいと聞いていたのだ。

「吾助は、死んじまったぞ」

棒切れを持った子が言った。

すでに、吾助が死んで四日経っていた。葬式も終わったはずである。

「吾助の家族は？」

茂平が訊いた。吾助は松沢屋に住み込みで働いていたと聞いていたが、だれか家族がいるはずである。

「だれもいないよ。おたえ小母《おば》さんが、死んだから」

年嵩の子が言った。

子供たちが、口々にしゃべったことから判断すると、おたえは吾助の娘だったらしい。おたえは病身で嫁にもいかず、吾助とふたりで長屋で暮らしていたようだ。

吾助の女房はお峰《みね》という名で、何年も前に亡くなったらしい。三人の男児は、お峰については死んだことしか知らなかった。

娘のおたえは、半年ほど前に病気が急に悪くなって死に、その後、吾助は独り暮らしをつづけていたようだ。二月ほど前から住み込みに変えてもらう話が出たため、吾助は近々長屋を出ることになっていたという。

「おたえが死んでから、吾助はずっとひとりで暮らしていたのか」

茂平が訊いた。

「そうだよ」

「だれか、訪ねて来たんじゃァねえのかい。年寄りひとりじゃァ寂しいだろう」

吾助が梟党の手引きをしたのはまちがいなかった。梟党の手先といってもいい。手先になるまでに、吾助は梟党の者と何度か接触したはずなのだ。吾助に、それなりの動きがあったとみていい。盗人だった茂平は、盗賊の手先として押し込みの手引きをする気になるには、かなりの覚悟がいることを知っていた。

「吾助は、いつもひとりだったぞ」

棒切れを持った子が言うと、

「いつもじゃァねえ。おいら、吾助が福寿屋《ふくじゅや》にふたりで入《へえ》っていくの、見たことあるぞ」

と、年嵩が目を剝いて言った。

「吾助といっしょにいたのは、長屋の者か」

茂平が訊いた。

「ちがうよ。見たこともねえ男だ」

「福寿屋は、何を売ってる店だ」

「料理屋だ。おとっつァんが、高《たけ》え店だと言ってたぞ」

年嵩が口をとがらせて言った。

「福寿屋はどこにある」

子供の話なので、はっきりしたことは分からないが、吾助のような下働きの年寄りには似合わない店のような気がした。

「栄橋《さかえばし》のそばだよ」

「…………」

栄橋も、千鳥橋と同じ浜町堀にかかっている。吾助が殺された場所からそれほど遠くない。茂平は、吾助と福寿屋にいっしょに入った男が気になった。梟党と何かかかわりがある男かもしれない。

茂平が口をつぐんでいると、それまで黙って話を聞いていた痩せた子が、

「あっ、おっかァだ！」

と、長屋の方を振り返って声を上げた。

見ると、路地木戸の先で長屋の女房らしい女が、もどってこい、というふうに、手招きしていた。訝《いぶか》しそうな目が、茂平にむけられている。

「おっかァ！　銭もらったぞ」

瘦せた子が、銭を握った細い腕を前に突き出すようにして、路地木戸の先に立っている女の方へ駆け出した。

すると、他のふたりも、おいらも、銭もらった、と声を上げ、パタパタと草履の音をさせて駆け出した。

茂平は女房らしい女に片手を振って見せ、なんでもねえよ、といった顔をして、下駄屋の方へ歩きだした。

3

「この店か」

茂平は料理屋らしい店の前に立った。浜町堀沿いの道に面した二階建ての店で、栄橋のたもとから半町ほど離れていた。この辺りは、日本橋富沢町《とみざわちょう》である。

玄関の格子戸の脇に掛け行灯《あんどん》があった。近付いて見ると、福寿屋と書いてある。

……洒落《しゃれ》た店じゃァねえか。

店の脇につつじの植え込みがあり、籬《まがき》とちいさな石灯籠《いしどうろう》が配置してあった。下働きの年寄りが来るような店ではない。おそらく、いっしょに来たという男が、この店に吾助を連れてきたのだろう。

茂平は、吾助といっしょに来た男が梟党のひとりではないかと思った。この店で、松沢屋へ押し込むときの手筈《てはず》を相談したのかもしれない。茂平は、その男をつきとめようと決めた。

陽は西の家並の向こうに沈みかけていたが、まだ上空には青さが残っていた。綿をちぎったような雲がいくつも浮かび、淡い鴇色《ときいろ》にかがやいていた。辺りは、淡い夕日につつまれている。

浜町堀沿いの道には、ぽつぽつと人影があった。仕事帰りの職人、ぼてふり、風呂《ふろ》敷《しき》包みを背負った店者《たなもの》、船頭などが、夕日のなかを足早に通り過ぎていく。雀色時《すずめいろどき》と呼ばれるころである。

……店の裏にまわってみるか。

茂平は福寿屋の裏手にまわってみようと思った。

裏手の隣家との間に細い路地があった。陽の射さないじめじめした裏路地である。

茂平は、福寿屋と隣の店との狭い隙間にもぐり込み、板壁に身を寄せた。こういうことは、茂平の得意とするところだった。

茂平は、濃紺の腰切半纏《こしきりばんてん》と茶の股引《ももひき》姿で来ていた。盗人《ぬすっと》だったときの習性が残っているのか、闇に溶ける色の衣類を身にまとっていることが多かったのだ。

茂平の姿は、路地からまったく見えなかった。まさに、闇にとざされた壁に張り付いている黒蜘蛛《くも》のようである。

そこに隠れて、茂平は福寿屋の背戸《せど》から話の聞けそうな者が出てくるのを待った。小半刻《こはんとき》（三十分）ほどすると陽が沈み、裏路地は淡い夕闇につつまれてきた。近くに泥溝《どぶ》があるらしく、嫌な臭いがただよっている。

そのとき、福寿屋の背戸があいて、女中らしい女が笊《ざる》をかかえて出てきた。

女は下駄を鳴らして茂平のすぐ前を通ったが、まったく気付かない。笊のなかには、黄ばんだ青菜や大根の皮などが入っていた。料理で出た芥《ごみ》を店の脇にある芥溜《ごみため》に捨てにきたようだ。

茂平はすぐに暗がりから路地へ出て、

「ごめんよ」

と、芥を捨てている女の背後から声をかけた。

女はギョッとしたように振り返り、

「だ、だれだい！」

と、声を震わせて言った。目がつり上がっていた。ふいに、後ろから声をかけられ驚いたようだ。

「すまねえ、驚かしちまったようだ」

茂平は首をすくめながら言った。地蔵のような顔に愛想笑いが浮いている。

「あたしに、何か用かい」

女が、つっけんどんに言った。顔から驚きの色が消え、代わって怒りの色が浮いていた。

「ほんとに、すまねえ。脅すつもりはなかったんだ」

茂平は腰をかがめたまますばやく懐の巾着《きんちゃく》を取り出し、波銭を何枚かつまみ出して、これで、かんべんしてくんな、と言って、女の空になった笊のなかに入れてやった。袖《そで》の下を使うつもりはなかったのだが、こうなると仕方がない。女の機嫌をとらないことには、話も聞けないのである。

「おや、すまないねえ」

銭を見て、女の顔がいくぶんなごんだ。

「ちょいと、訊《き》きてえことがありやしてね」

「なにを訊きたいんだい」

「姐《あね》さんは、福寿屋にお勤めですかい」

女は姐さんという顔ではなかったが、茂平は女の機嫌をとるためにそう言ったのである。三十がらみであろうか。浅黒い丸顔で、小鼻が張っている。

「そうだよ」

「吾助さんを知ってやすかい」

「吾助さん……」

女は首をひねって記憶をたどるような顔をしていたが、知らないねえ、と小声で言った。

「千鳥橋のそばで殺された年寄りの話を聞いてねえかい」

「ああ、吾助さんて、殺された男《ひと》……」

女は思い出したようだ。顔がすこしこわばっている。茂平のことを岡っ引きとでも思ったのであろうか。

「おれは、むかし吾助に世話になったことがあってな。いってえだれが、吾助をあんなひでえ目に遭わせたのか、それだけでも知りてえのよ」

茂平はもっともらしい顔をして言った。言葉遣いが、すこし乱暴になっている。

「…………」

女の顔には、まだ不安そうな色があった。

「吾助は、男といっしょに福寿屋に何度か来たことがあるはずだ。おれは、店から出てくる吾助の姿を見かけたことがあるのよ」

茂平は自分で見たわけではなかったが、そう言ったのだ。

「き、来たよ」

女が、年寄りが店に来たので、覚えている、と小声で言い添えた。女は、福寿屋には似合わないみすぼらしい年寄り、と言いたかったのだろうが、茂平が前にいるので、遠慮したようだ。

「それで、いっしょに来たのは、だれなんだい」

茂平が女を見つめて訊いた。

「弥之助《やのすけ》さんと、聞いたけど」

「弥之助だと」

茂平は、はじめて聞く名だった。

「それで、弥之助は何をしている男だい」

「知らないよ。あたし、一度だけ座敷に出て酌をしただけだもの」

女が困ったような顔をして、しゃべったことによると、弥之助は三十がらみの瘦せた男で、遊び人ふうだったという。

「弥之助の塒《ねぐら》を知ってるかい」

茂平が声をあらためて訊いた。

「し、知らないよ」

「酉についたのなら、何か耳にしてるだろう」

「亀井町《かめいちょう》に住んでるようなことを言ってたけど……」

女は小首をかしげた。はっきりしないらしい。

日本橋、亀井町は、牢屋敷《ろうやしき》のある小伝馬町《こでんまちょう》に近い町で、福寿屋のある富沢町からもそう遠くない。

「それで、長屋かい」

「さァ」

女は、分からない、とはっきり答えた。

その後、茂平は弥之助の仕事や仲間など、身元をつきとめる手がかりになるようなことを訊いたが、女は首を横に振るばかりだった。

茂平は、その場を離れたいような素振りを見せている女に、

「何か、弥之助と分かるようなことはねえのかい」

と、すこし語気を強めて訊いた。

「頬に刃物で斬られたような傷があったね。目立たないけど……。それで覚えてるのさ」

女が小声で言った。

「頬に刀傷か……」

いい目印になる、と茂平は思った。

茂平が口をつぐむと、

「あたし、行くよ」

すぐに、女はきびすを返し、逃げるように背戸へむかった。

裏路地は、夕闇につつまれていた。茂平は、亀井町で弥之助を捜すのは明日からにしようと思い、足早にその場を離れた。

4

廊下を歩く音がし、障子があいて、妹の佐枝が顔を出した。

「兄上、見えてますよ」

佐枝が、すこし間延びした声で言った。物言いは、母親のくにに似たようである。

佐枝は色白のうりざね顔で鼻筋がとおり、形のいいちいさな唇をしていた。なかなかの美人なのだが、あまり洒落《しゃれ》っ気はなく、化粧も口紅を薄くさしているだけである。

風間は居間で横になっていたのだが、身を起こし、

「だれが来たのだ」

と、訊いた。

七ツ半（午後五時）ごろだった。今日は、築地にある横田の屋敷に出向き、他の召捕・廻り方の同心と情報を交換した後、小半刻（三十分）ほど前に、御徒町の組屋敷にもどったのである。

「長助さんです」

佐枝は、座敷に膝《ひざ》を突いて言った。

「縁先にまわしてくれ」

今日は達次郎が出かけていて、家にいなかった。探索にかかわる話をしても、さしつかえないだろう。

「お茶を淹《い》れましょうか」

「母上はどうした」

「風邪気味だといって、横になってるんです」

「では、佐枝に頼むかな」

手先の長助に茶を淹れてやることもないのだが、風間が飲みたかったのである。それに、佐枝も、そろそろ母親にかわって茶を淹れることがあってもいいだろう、と風間は思ったのだ。

風間が縁側に出ると、すぐに長助が走り寄ってきた。慌てているらしく、足踏みしている。

「か、風間の旦那《だんな》、敏造が姿を見せやした」

長助が、声をつまらせて言った。

「なに！　姿を見せたか」

「へい、阿部川町の借家に、ひょっこりと」

「いまも、いるのだな」

「いるはずでさァ」

長助によると、借家を囲った板塀の隙間からなかを覗《のぞ》くと、障子があいていて座敷が見えたそうだ。

長助は、敏造が座敷に腰を落ち着け、貧乏徳利《びんぼうどくり》の酒を手酌で飲み始めたのを見て、急いで風間の許《もと》に知らせに来たという。

「よし、行くぞ」

風間は敏造を捕らえるいい機会だと思った。敏造を捕らえて口を割らせれば、梟党の六人の名や隠れ家がつかめるかもしれない。

風間が刀を手にして廊下へ出ると、佐枝が台所から顔を出した。障子をあけしめする音が聞こえたらしい。

「兄上、お出かけですか」

佐枝が、驚いたような顔をして訊いた。

「急用だ」

佐枝と話している暇はなかった。一刻も早く、阿部川町へ行かねばならない。

「お茶はどうします」

佐枝が、戸口まで跟《つ》いてきながら訊いた。

「母上とふたりで飲んでくれ」

風間は土間へ下りた。

「母上はお休みのようですから、起こさない方が……」

佐枝が困ったような顔をした。

「それなら、佐枝がひとりで飲んでくれ」

「ひとりで飲んでも、おいしくないわ」

「勝手にしてくれ」

そう言い置くと、風間は戸口から飛び出した。

風間と長助は、御先手組《おさきてぐみ》同心の組屋敷のつづく通りを小走りに抜け、阿部川町にむかった。

ふたりが、新堀川沿いの通りから借家のある路地に入ったとき、暮れ六ツ（午後六時）の鐘が鳴った。陽が家並の向こうに沈み、西の空が茜色《あかねいろ》の夕焼けに染まっている。

遠近《おちこち》から、パタパタと表戸をしめる音が聞こえてきた。路地沿いの小店や表長屋などは、店仕舞いを始めたのである。

通り沿いには、ぽつぽつと人影があったが、迫りくる夕闇に急《せ》かされるように足早に通り過ぎていく。

前方に借家が見えてきた。板塀で囲われた家が、淡い夕焼けのなかに黒く浮き上がったように見える。

「旦那、どうしやす」

長助が足早に歩きながら訊《き》いた。

「敏造がいるのを確かめてからだな」

風間は、敏造の姿を目にしてから、家に踏み込むかどうか決めようと思った。

借家の近くまで行くと、長助が、

「あそこなら、家のなかが見えやすぜ」

と塀の先を指差し、足音を忍ばせて家の裏手へむかった。風間も足音をたてないように長助の後についた。

「旦那、この辺りから覗いてくだせえ」

長助が足をとめ、小声で言った。

風間が板塀の隙間から覗くと、縁側とそれにつづく座敷があった。座敷は薄暗かったが、人影がある。

……いるぞ！

町人体の男が、膝先に貧乏徳利を立てて酒を飲んでいた。敏造であろう。

「旦那、踏み込みやすか」

長助が声をひそめて訊いた。

「ひとりなら、何とかなるな」

風間は家のなかに踏み込んで、敏造を捕らえようと思った。

そのときだった。ふいに、座敷の男が立ち上がった。座敷を横切る男の姿が見えたが、すぐに障子の陰になって見えなくなった。

「むかったのは、戸口だ」

敏造は家を出るつもりらしい。

風間と長助は足音を忍ばせ、板塀沿いを戸口の方へむかった。

5

「旦那、やつが出てきやした」

長助が、戸口に目をやりながら言った。

風間にも、戸口から出てきた敏造の姿は見えていた。敏造は格子縞《こうしじま》の単衣《ひとえ》を裾高《すそだか》に尻《しり》っ端折《ぱしょ》りし、両脛《ずね》をあらわにしていた。遊び人ふうの恰好《かっこう》である。

敏造は足早に新堀川の方へむかっていく。

風間は路地の先に目をやった。三町ほど行った先に、人家がとぎれた寂しい場所があった。路地の両側が笹藪《ささやぶ》でおおわれた空き地になっている。

……あそこで、仕掛けよう。

と、風間は思った。

風間と長助は、路地に出て敏造の跡を尾《つ》け始めた。路傍の樹陰や店屋の軒下などをたどりながら足を速め、敏造との距離をつめていく。

辺りは淡い夕闇につつまれていた。路地に人影はなかった。遠方にふたり、町人らしい男がこちらに歩いてくるだけである。

夕空で、蚊喰鳥《かくいどり》がひらひら飛びまわっていた。この辺りは藪が多い寂しい地なので、蚊喰鳥の餌が豊富なのかもしれない。

前を行く敏造が、空き地に近付いた。風間と長助は樹陰から出て小走りになった。間をつめて、敏造を捕らえようとしたのである。

そのとき、ふいに敏造が足をとめて、振り返った。風間たちの足音に気付いたようだ。敏造は立ちどまったまま、風間と長助の方へ顔をむけた。逃げようとしない。敏造ののっぺりした顔が、淡い夕闇のなかに白く浮き上がっていた。薄笑いを浮かべて、風間と長助に目をむけている。

風間と長助は、足をとめた。敏造の姿に不気味なものを感じたのだ。

そのとき、敏造は口をとがらせ、ホウ、ホウと低い声を上げた。梟《ふくろう》の啼《な》くような声である。

……何をする気だ！

風間は、左手で刀の鍔元《つばもと》を握り、右手を柄《つか》に添えた。抜刀体勢をとったのである。長助も懐に手をつっ込んだ。十手を取り出すつもりらしい。

「梟を呼んだのよ」

敏造がくぐもった声で言った。

と、ザザザッ、と音がし、路傍の笹藪が揺れた。

いきなり、黒ずくめの男が笹藪から路地に飛び出してきた。顔を黒の頭巾《ずきん》ですっぽりおおっている。両眼の部分が丸く切り抜いてあった。まさに、黒い梟のようである。

「梟党か！」

風間が声を上げた。

武士らしい。黒ずくめの男は、小袖《こそで》に袴《はかま》姿で大小を帯びていた。刀まで黒鞘《くろさや》である。

「ふたりとも、生かしちゃァおかねえぜ」

言いざま、敏造が懐から匕首《あいくち》を取り出した。

「頭巾はかぶっているが、おれは梟党ではない」

黒ずくめの男がくぐもった声で言った。

ゆっくりとした動作で、黒ずくめの男が抜刀した。刀身と匕首が、夕闇のなかで青白くひかっている。

そのとき、風間の脳裏に、頭を斬り割られた彦八と下働きの吾助の凄惨《せいさん》な死に顔がよぎった。

……ふたりを斬ったのは、この男か！

と、風間は思った。

黒ずくめの男と敏造が、小走りに迫ってきた。男は低い上段に構え、切っ先を後ろにむけ刀身を寝せている。その刀身が、夕闇を切り裂きながら迫ってくる。

「くるか！」

風間は抜刀した。

風間は逃げなかった。腕に覚えがあったのである。それに、相手はふたりだった。味方もふたりである。

長助も十手を握り、腰をかがめて身構えた。顔がこわばり、目がつり上がっている。

風間は青眼に構え、切っ先を迫ってくる男の喉元《のどもと》にむけた。腰の据わった隙のない構えである。

「面割《めんわ》りの剣、受けてみるか」

言いざま、男はさらに迫ってきた。一気に、風間との間合がせばまってくる。

……できる！

風間は察知し、身震いした。

男の上段の構えには、上からおおいかぶさってくるような威圧があった。全身に気勢が満ち、痺《しび》れるような剣気をはなっている。

イヤアッ！

突如、男が裂帛《れっぱく》の気合を発した。

一瞬、風間の身が竦《すく》み、男の喉元にむけられた剣尖《けんせん》が揺れた。男の気合と威圧に呑《の》まれたのである。

瞬間、風間の剣気がうすれた。この一瞬の隙を、男がとらえ、鋭い気合を発しざま上段から斬り込んできた。

真っ向へ。

膂力《りょりょく》のこもった迅雷《じんらい》の斬撃《ざんげき》だった。

咄嗟《とっさ》に、風間は刀身を振り上げて、この斬撃を受けた。風間も遣い手だったので、体が反応したのである。

キーン、という甲高い金属音がひびき、男の刀身が跳ね返った。瞬間、風間の体が後ろによろめいた。男の真っ向への斬撃が強く、受けた瞬間、風間の腰がくだけたのだ。

すかさず、男が斬り込んだ。

真っ向へ。真っ向から真っ向への二段斬りだった。

刹那《せつな》、風間は頭から笹藪につっ込むように横に跳んだ。男の斬撃を受けることもかわすこともできないと感知し、体が反応したのだ。

ザクッ、と風間の左の肩先から二の腕にかけて着物が裂けた。風間が横に跳んだため、真っ向への斬撃が肩先をとらえたのだ。

左腕に、焼鏝《やきごて》を当てられたような衝撃がはしった。だが、なんとか左手は動いた。骨や筋には異常がないようだ。風間は笹藪のなかへもぐり込むように逃げた。

風間は立ち上がらず、笹藪のなかを這《は》って逃れた。立ち上がれば、男の斬撃を受けると察知したからである。すでに、刀は手にしていなかった。笹藪のなかに逃れたときに捨てていたのだ。

……逃げねば、斬られる！

と、風間は思った。

「逃げるか！」

バサ、バサと、男が左手で笹を払い、足で踏み倒しながら風間の跡を追ってきた。右手に刀をひっ提げている。

だが、笹藪のなかを這って逃れる風間の方が速かった。そのかわり、顔や首筋に笹の葉が当たり、皮膚が切れてヒリヒリと痛んだ。

十間ほど笹藪のなかを逃れると、風間は立ち上がり、

「長助、逃げろ！」

と、叫んだ。

このとき、長助は敏造と相対していた。

長助の左袖が裂け、あらわになった腕に血の色があった。敏造が踏み込んで横に払った匕首の先が、長助の左腕をとらえたのである。

長助の顔は、恐怖でひき攣《つ》っていた。胸の前に構えた十手が、小刻みに震えている。長助の十手では、敏造の匕首の攻撃をかわしきれないようだ。

風間の叫び声を聞いた長助は、

「ちくしょう！」

と一声叫び、すばやく後じさると足元の石をひろって投げつけた。咄嗟の動きである。アッ、と声を上げ、敏造が体を倒して礫《つぶて》をかわした。この一瞬の隙をついて、長助は反転して走り、笹藪に飛び込んだ。

「やろう！　逃がすか」

敏造が追ってきた。

長助は笹藪を両手で掻《か》き分けて逃げた。必死だった。顔に当たる笹など気にする余裕はなかった。

背後で、笹藪を掻き分ける音が聞こえたが、敏造が近付いてくる様子はなかった。しばらく笹藪のなかを進むと、背後の音が聞こえなくなった。敏造は跡を追うのをあきらめたらしい。

笹藪がとぎれ、狭い畑になっていた。その先には、長屋や小体《こてい》な仕舞屋《しもたや》が並んでいた。別の路地になっているらしい。

「長助、ここだ」

と、声がした。

声の方に目をやると、畑の隅に風間が立っていた。

ひどい姿だった。元結《もとゆい》が切れ、ざんばら髪だった。着物の左の肩口が裂け、袖がぶらさがっている。顔はひっ掻き傷だらけで、赤い斑《まだら》に染まっていた。

「旦那《だんな》、やられたんですかい」

長助は駆け寄った。風間の左肩から二の腕にかけて、着物が赤く染まっているのを見たのだ。

「たいした傷ではない」

風間はそう言ったが、顔は苦痛にゆがんでいた。それに、出血が激しく、着物がどっぷりと血を吸っている。

「おまえも、腕をやられたのか」

風間が長助の左腕に目をやって訊《き》いた。

「あっしは、かすり傷でさァ」

「ともかく、屋敷へもどろう」

敏造と黒ずくめの武士は、あきらめずに追ってくるかもしれない。それに、出血が思ったより激しかった。何とか血をとめねば、命にかかわる、と風間は思ったのである。

6

竜之介は、居間に座して茶を飲んでいた。母親のせつが淹《い》れてくれたのである。竜之介は、御徒町にある自分の屋敷に帰っていた。

竜之介は三人家族だった。同居しているのは、母親のせつと隠居した父親の孫兵衛《まごべえ》である。ゆきという妹がいたのだが、竜之介と同じ御先手組の倉沢《くらさわ》家に嫁いでいた。

ゆきには、太助《たすけ》という四つの子がいる。

五ツ（午前八時）ごろだった。障子が朝日を浴びて白くかがやいている。竜之介は茶を飲み終えたら、いったん瀬川屋へ行き、平十に舟を頼んで築地の横田屋敷へ行くつもりだった。

そのとき、戸口で訪《おとな》いを入れる声が聞こえた。聞き覚えのない男の声である。せつが応対に出たらしく、せつの間延びした声が竜之介の耳にとどいた。

すぐに廊下を歩く足音がし、居間の障子がひらいた。

「竜之介、風間どのの弟御が見えてますよ」

せつの声に、いつになく昂《たかぶ》ったひびきがあった。

せつは五十一歳、色白で太り肉《じし》だった。頰がふっくらし、饅頭《まんじゅう》のような顔をしている。その顔が紅潮していた。

「達次郎か」

竜之介は何度か風間家を訪ねたことがあったので、達次郎のことも知っていた。

「風間どのが、傷を負ったそうです」

せつが眉宇《びう》を寄せて言った。

「なに、傷を負ったと」

すぐに、竜之介は立ち上がった。弟が竜之介の許《もと》にわざわざ知らせに来たということは、軽傷ではないからであろう。

竜之介は居間を出て戸口にむかった。せつが、慌てた様子で跟《つ》いてくる。

「雲井さま、昨夜、兄が手傷を負いました」

達次郎の顔がこわばっていた。

「行ってみよう」

竜之介は、土間へ下りた。ともかく、風間の様子を見てみようと思った。

「竜之介、気をつけていくのですよ」

せつが心配そうな顔で言った。

竜之介は、心配なのは、おれより風間だ、と思ったが、うなずいただけで何も言わずに玄関を出た。

風間家の玄関を入ると、すぐに足音がし、くにと妹の佐枝が慌てた様子で出てきた。

ふたりは上がり框《がまち》近くに膝《ひざ》を折ると、

「雲井さま、ご足労をおかけいたしまして、もうしわけございません」

と、くにが顔をこわばらせて言った。

いつもは、おっとりした物言いをするのだが、かすれたような声だった。その太った体軀《たいく》といい、しゃべり方といい、竜之介の母親のせつとよく似ていたが、どっしりした腰まわりなどは、くにの方がひとまわり大きい感じがした。

その脇に、佐枝がつつましく座っていた。佐枝は、母親のくにには似ず色白のうりざね顔だった。心配そうに眉宇を寄せていたが、白い頰がこころなしか赤らんでいた。竜之介に視線をむけられて、恥ずかしかったのかもしれない。

「どうです、風間の傷は」

竜之介が訊いた。

「玄泉《げんせん》先生に安静にしているように言われ、いま、横になっております」

玄泉というのは、御徒町に住む町医である。創傷の手当てはうまいとの評判があった。

「そうですか」

「ともかく、お上がりになってくださいまし」

そう言って、くにが腰を浮かせた。佐枝もすぐに立ち、脇に身を寄せて上がり框をあけた。

竜之介は廊下の右手にあった座敷に連れていかれた。そこは、居間だった。風間は小袖《こそで》姿で、薄手の布団の上に横になっていた。

傷は左肩と腕らしい。右腕は袖に通していたが、左腕は袖に通さずに腹のところにまげていて、小袖をかけているだけだった。肩口に分厚く巻かれた晒《さらし》に、どす黒い血の色がある。

風間の顔はこわばっていたが、血の気はあった。浅手ではないようだが、命にかかわるような傷でもないらしい。

風間の脇に、父親の佐兵衛が口をひき結んで端座していた。五十代半ばであろうか。鬢《びん》や髷《まげ》には白髪が目だったが、眉《まゆ》が濃く、頤《おとがい》の張った武辺者らしい面構《つらがま》えをしていた。

風間と達次郎は佐兵衛に似たらしい。

風間は困惑したように顔をゆがめ、

「雲井さま、お呼び立ていたし、もうしわけございません」

そう言って、身を起こそうとした。

「寝てろ、寝てろ」

慌てて、竜之介がとめた。おそらく、玄泉は、風間に安静にしているように強く言ったのだろう。それほど深い傷でなくとも、多量の出血で落命することがあるからだ。

「柳太郎、いまは雲井さまのお言葉にあまえ、横になったままお話しするといい」

佐兵衛が、竜之介に頭を下げながら言った。

佐兵衛の背後に、達次郎、くに、佐枝の三人が並んで座り、佐兵衛と同じように頭を下げた。風間を除いた家族四人が顔をそろえ、かしこまって座っている。竜之介は風間の上司ではあるが、応対がすこし大袈裟《おおげさ》である。

「か、風間、寝ててくれ。その方が、おれも話しやすい」

竜之介が慌てて言った。

「それでは、お言葉にあまえて、このまま……」

そう言って、風間はあらためて座敷に目をやり、家族一同が居並んでいるのに気付き、

「す、すまぬが、遠慮してくれ。お役目上の大事な話があり、雲井さまに足を運んでいただいたのだ。……家族にも、話せぬ秘事がある」

と、眉を寄せた。

「おお、これは気付かなんだ。わしらは、遠慮いたそう」

佐兵衛が立ち上がると、達次郎、くに、佐枝の三人も慌てた様子で腰を上げた。

四人が座敷から出ていくと、

「ご無礼をいたしました。どうも、遠慮というものを知らぬ者たちで、困っております」

風間が照れたような顔をして言った。

「いいではないか。おれの家も似たようなものだ」

「それで、雲井さまをお呼びしたのは、お耳に入れておきたいことがございまして。それがしがうかがえばよかったのですが、玄泉先生に傷がふさがらぬうちは、安静にしているように強く言われたもので」

「承知している。……まず、昨夜のことから聞こうか」

竜之介が言った。

「実は、敏造が阿部川町の塒《ねぐら》に帰っているのを長助がつかんできまして、敏造を捕らえるいい機会だと思い、出かけたのです」

そう前置きして、昨夜の一部始終を話した。

「待ち伏せしていたのは、武士だったのだな」

竜之介が念を押すように訊いた。

「まちがいありません。それに、おそろしい遣い手です」

風間が、自分の腕では太刀打ちできなかったことを言い添えた。

「それほどの遣い手か」

竜之介は、風間の腕のほどを知っていたので、襲った武士が並外れた遣い手であることが分かった。

「真っ向へ、一気に斬り込んできます」

風間が、武士の構えと太刀捌《さば》きを話し、

「面割りの剣ともうしておりました」

と、言い添えた。

「面割りの剣か……」

真っ向へ斬り下ろす剛剣のことであろう。

「そやつが、彦八と吾助を斬ったのだな」

彦八は背後からだったが、吾助は真っ向から面を斬り割られていたのだ。

「それがしも、そうみました」

「うむ……。やはり、梟党は押し入った六人だけではないようだ」

竜之介は、すくなくとも武士は押し入った六人のなかにいなかったとみていたのだ。

「そやつは、梟党ではないと口にしていましたが……。それに、そやつのほかにも仲間がいるかもしれません」

風間がけわしい顔をして言った。

「そうだな」

竜之介が視線を膝先に落とし、黙考していると、

「他にも、雲井さまのお耳に入れておきたい懸念がございまして……」

風間が竜之介に目をむけて言った。

「懸念とは」

「それがしと長助は、彦八が斬られた場所の近くで襲われました」

「それで？」

「敏造は借家が見張られているのを知っていて、待ち伏せしたようです。……敏造は

借家を出て姿を隠そうとはせず、逆に、探索の手を伸ばしてきたわれらを借家におびき寄せ、始末しようとしたとしか思えません」

風間が低い声で言った。天井にむけられた双眸《そうぼう》が強いひかりを宿している。

「うむ……」

竜之介も、敏造は風間たちが借家に目をつけていることを知っていて仕掛けたと思った。

「それで、雲井さまが、それがしと同じ轍《てつ》を踏まれぬよう、お耳に入れておこうと思い、お呼び立てしたのです」

風間が言った。

「風間、でかしたぞ。……そうと分かれば、こちらも打つ手がある」

竜之介は、敏造たちの罠《わな》にかかったふりをし、あらわれた敏造と武士を捕らえる手もあると思った。

話が一段落すると、

「茶を淹《い》れさせましょう」

と、風間が言って、母親と妹の名を呼んだ。

すると、女ふたりらしい足音がし、つづいて別のふたりの足音が聞こえた。父親と弟らしい。どうやら、奥の座敷にひかえていた家族四人が、そろってやって来るようだ。

「まったく、うちの家族は遠慮というものを知らん」

風間が、苦虫を嚙《か》み潰《つぶ》したような顔をして言った。

「よいではないか」

竜之介は笑みを浮かべた。

第三章　拷　問

1

「だれも、いねえようですぜ」

平十が、竜之介に身を寄せて小声で言った。

竜之介と平十は、阿部川町の路地を歩いていた。路地沿いに敏造の塒《ねぐら》の借家がある。竜之介は借家に敏造がいるかどうか確かめに来たのだ。

竜之介は天蓋《てんがい》をかぶり、肩に袈裟《けさ》をかけ虚無僧に身を変えていた。竜之介は、御先《おさき》手《て》組《ぐみ》の与力だったころは変装して市中を歩くなど思いもしなかったが、火盗改の召《めし》捕《とり》・廻《まわ》り方の与力として下手人の探索、捕縛に当たるようになってからは虚無僧や牢《ろう》人《にん》などに身を変えることがあったのだ。

平十も汚れた手ぬぐいで頰っかむりし、肩に継ぎ当てのある腰切半纏《こしきりばんてん》と股引《ももひき》姿だった。船頭には見えない。その日暮らしの日傭取《ひようとり》りか、物売りといった恰好《かっこう》である。

ふたりは、火盗改や町方の探索と思わせないように変装して敏造の所在を確かめに来たのだ。

「そのようだな」

竜之介も、それとなく板塀に身を寄せて聞き耳を立てたが、家は静寂につつまれ、物音も話し声も聞こえなかった。人のいる気配がない。

いっとき、竜之介は板塀に身を寄せてなかの様子をうかがったが、すぐに離れて家の前を通り過ぎた。

竜之介は一町ほど過ぎたところで足をとめ、振り返って路地の先に目をやった。尾行者か、物陰で様子をうかがっている者はいないか確かめたのである。

……尾《つ》けている者はいないようだ。

路地には、まばらに通行人の姿があったが、うろんな人影はなかった。

「敏造は、塒にもどらねえつもりかもしれねえ」

平十が、つぶやくような声で言った。

竜之介と平十が借家の様子を見に来たのは、これで二度目だった。三日前に来たときも、敏造の姿はなかった。

「念のため、付近で聞き込んでみるか」

竜之介は近くの店屋で訊《き》けば、借家の様子が分かるのではないかと思った。

「あっしが訊いてみやすよ」

平十は、虚無僧姿の竜之介が借家の住人のことを訊くのはおかしいと思ったようだ。

「平十にまかせよう」

「それじゃァ、二、三軒まわってきやすぜ」

「おれは、その稲荷《いなり》で待つことにする」

竜之介は、路地沿いにあったちいさな稲荷を指差した。

赤い鳥居の先に、古い祠《ほこら》があった。その前に短い石段がある。そこに腰をかけて待つつもりだった。

竜之介は平十を見送った後、稲荷の境内に来て石段に腰を下ろした。石段の脇に枝葉を茂らせた欅《けやき》があり、樹陰になっていたので過ごしやすかった。それに、通りすがりの者が目にしても、旅の虚無僧が樹陰で一休みしているとみるだろう。

半刻《はんとき》（一時間）ほどすると、平十がもどってきた。

「どうだ、敏造の様子が知れたか」

竜之介が訊いた。

「やっぱり、敏造は塒にもどってねえようですぜ」

平十は、路地沿いの酒屋と煮染屋の親爺《おやじ》から聞いたと前置きして話しだした。

ふたりの親爺によると、借家の先の笹藪《ささやぶ》の近くで、斬り合いがあった後、借家はしまったままだし、敏造の姿も見ていないという。斬り合いというのは、風間が梟党《ふくろうとう》と思われる武士と斬り合ったことのようだ。近所の住人のなかに、目にした者がいたのだろう。

「それに、酒屋の親爺が、浅草並木町《なみきちょう》で色っぽい女を連れて歩いている敏造の姿を見かけたそうでさァ」

と、平十が言い添えた。

並木町は浅草寺の門前通り沿いにあり、料理茶屋、料理屋、遊女屋などが軒を連ねる賑《にぎ》やかな町である。

「借家を出て、塒を変えたようだ」

敏造は、三度も同じ手は使えないとみて借家から出たのであろう。

「雲井さま、どうしやす」

平十が訊いた。

「敏造が借家にもどらないのなら、こんな恰好で歩いていても仕方がない。ひとまず、瀬川屋にもどろう」

竜之介は、ふだんの身装《みなり》にもどるつもりだった。

七ツ半（午後五時）ごろであろうか。陽は家並の向こうに沈みかけ、淡い夕日が路地を照らしていた。仕事帰りの出職の職人らしい男や遊びから帰る子供などが、長い影をひいて通り過ぎていく。静かな、夕暮れ時である。

竜之介は新堀川の方へむかって路地を歩きながら、それとなく背後を振り返ってみた。

……尾けている者はいない。

それらしい人影は、どこにもなかった。

竜之介は瀬川屋の離れにもどると、すぐにいつもの小袖《こそで》に着替えた。袴《はかま》は穿《は》かず、小袖に角帯姿でくつろいでいると、縁先に近付いてくる人の気配を感じた。忍び足なのか、足音はほとんど聞こえない。瀬川屋の者ではないようだ。

すでに、五ツ（午後八時）にちかかった。家の外は深い夜陰につつまれているだろう。竜之介は身を起こすと、座敷に立て掛けてあった刀を手にし、外の気配をうかがった。

ふいに、足音が縁先でとまった。

「雲井さま……」

くぐもったような声が聞こえた。茂平の声である。

「茂平か」

竜之介は手にした刀を置くと、障子をあけて縁側に出た。

縁先は夜陰につつまれていたが、十六夜《いざよい》の月が出ていて、縁先を淡い青磁色の月光が照らしていた。

その月光のなかに、黒い人影が、ぼんやりと浮かび上がっていた。茂平である。盗人《ぬすっと》だっただけあって、家屋敷に忍び入るのは巧みである。竜之介でなければ、気配も感じなかっただろう。

茂平は闇に溶ける装束に身をつつみ、縁先に片膝《かたひざ》をついて屈《かが》んでいた。茂平は、探ったことを知らせるために来たのであろう。

「何か知れたか」

竜之介が訊いた。

「へい、松沢屋の吾助が梟党を手引きする前《めえ》、会っていた男が知れやした」

茂平が抑揚のない低い声で言った。頬っかむりしている茶の手ぬぐいの隙間で、細い目がうすくひかっている。

「何者だ」

「弥之助といいやす」

「弥之助は、何をしている男だ」

竜之介は、初めて聞く名だった。

まだ、茂平は弥之助のことを竜之介に話していなかったのだ。塒をつかんでから、知らせようと思っていたのである。

「何もしちゃいねえようです。遊び人でさァ」

「それで、弥之助の塒をつかんだのか」

「へい、亀井町の情婦《いろ》がやっている小料理屋にもぐり込んでまさァ」

茂平は福寿屋の女中から話を聞いた後、亀井町を歩き、頬に刀傷のある弥之助という男を捜した。

どうせ、真っ当な男じゃァねえだろう、と茂平は読み、土地の遊び人や地まわりなどから話を聞いてまわった。その結果、小伝馬上町《こでんまかみまち》に近い横丁に扇屋《おうぎや》という小料理屋があり、その店のお静《しず》という女将《おかみ》の情夫《いろ》が、弥之助という名であることをつかんだ。

茂平は、陽が沈むと扇屋の戸口が見える暗がりに身をひそめて、頬に刀傷のある男があらわれるのを待った。

茂平が扇屋を見張り始めて三日目、戸口から出てきた遊び人ふうの男の頬に刀傷のあるのを目にした。しかも、男といっしょに出てきた女将らしい年増《としま》が、弥之《やの》さん、気をつけて帰ってよ、と男に声をかけたのだ。それを耳にした茂平は、こいつが弥之助だと確信したのである。

「弥之助を捕らえて吐かせるか」

竜之介が言った。まだ、弥之助が梟党かどうかはっきりしないが、何かかかわりがあるはずである。

「扇屋にいるはずですぜ」

「早い方がいいな」

竜之介は、明日にも弥之助を捕らえようと思った。

2

竜之介は、平十に舟を出してもらうことにした。柳橋から亀井町まで遠くなかったが、捕らえた弥之助を築地の横田屋敷まで舟に乗せて連れていきたかったのだ。それに、浜町堀をたどれば、舟に乗ったまま亀井町へ行くことができるのだ。

暮れ六ツ（午後六時）すこし前に、瀬川屋の桟橋に、竜之介、平十、茂平、寅六、千次の五人が顔をそろえた。竜之介は、あえて捕方《とりかた》を集めなかった。弥之助ひとりなので、密偵《てさき》だけで十分だと思ったのである。

「弥之助は、おれがふん捕まえてやるぜ」

千次が目を剝《む》いて言った。こうした捕物にくわわるのは初めてなので、興奮しているらしい。

「千次、おめえは使い役だ。でしゃばると、弥之助を逃がすことになるぜ」

平十が窘《たしな》めるように言った。

「分かってやすよ」

千次が首をすくめて言った。

「夢中になって、飛び出したりするなよ」

「へい、へい、相手はひとりだ。あっしが、出るまでもねえや」

そう言うと、千次は跳ねるような足取りで、桟橋につづく石段を下りた。

風があり、大川の川面《かわも》がいつもより波立っていた。桟橋の杭《くい》に当たる流れの音と川面を渡ってくる風の音が、耳を聾《ろう》するほどに聞こえてくる。

「舟に乗ってくだせえ」

平十が艫《とも》に立って声を上げた。

竜之介たちが舟に乗ると、平十は舫《もや》い綱をはずし、棹《さお》を使って水押《みお》しを川下にむけた。舟は波の起伏に揺れながら、大川を速い速度で下っていく。

風があるせいか、いつもの夕暮れ時より船影はすくなかった。猪牙舟《ちょきぶね》や荷を積んだ艀《はしけ》などが、数艘《そう》見えるだけである。

竜之介たちの乗る舟は、新大橋《しんおおはし》をくぐると水押しを右手に寄せ、浜町堀へ入った。

陽は日本橋の家並の向こうに沈み、西の空が茜色《あかねいろ》の夕焼けに染まっている。

舟は浜町堀にかかるいくつもの橋をくぐり、緑橋《みどりばし》を過ぎると、行く手の堀の幅が急に狭くなった。舟はさらに細い掘割に入り、鉤《かぎ》の手になっている掘割を左手にむかった。堀の両側につづく町並が、亀井町である。

「とっつァん、この辺りに着けてくんな」

茂平が声を上げた。

「この先に船寄《ふなよせ》がありやすんで、そこに着けやすぜ」

平十が巧みに棹をあやつりながら言った。

それから一町ほど進むと、平十は水押しを右手の川岸に寄せた。ちいさな船寄があり、猪牙舟が二艘、杭につないであった。人影はなく、二艘の舟がちゃぷちゃぷ音を立てて揺れている。

平十は船縁《ふなべり》を船寄に付けると、

「下りてくだせえ」

と、声をかけた。

竜之介たちは、舟から船寄に飛び下りた。そして、平十が舟を杭につなぐのを待ってから、川岸の石段を上って堀沿いの通りに出た。

「扇屋はこの近くか」

竜之介が茂平に訊《き》いた。

「三町ほど行きやしてね。右手の路地に入《へえ》ったところにありやす」

「まだ、すこし早いな」

竜之介が辺りに目をやって言った。

夕闇が樹陰や家の軒下に忍び寄っていたが、まだ辺りは明るかった。堀沿いの通りにも、ちらほら人影がある。竜之介は暗くなってから仕掛けたかった。それというのも、弥之助を捕らえて舟に乗せるまでの間、通行人に目撃されたくなかったのだ。

「雲井さまたちは、この辺りにいてくだせえ。あっしと千次とで、店の様子を見てきやすよ」

そう言い残し、茂平は千次を連れて足早にその場を離れた。

竜之介たちは船寄につづく石段に腰を下ろして、茂平たちがもどってくるのを待つことにした。船寄に近いところまで石段を下りると、堀沿いの道を通る者にも見えないので、都合がよかった。

半刻《はんとき》（一時間）ほどすると、辺りは夜陰につつまれてきた。堀沿いの道を通る人もほとんど見られなくなった。通り沿いの店屋も表戸をしめて、ひっそりと静まっている。聞こえてくるのは、風が岸辺の柳を揺らす音と掘割の水面にたった波が汀《みぎわ》に寄せる音だけである。

「遅いな」

竜之介がそう言って、通りの方へ首をのばしたときだった。

遠くで足音が聞こえ、通りの先に千次の姿がちいさく見えた。千次は走ってきた。

駿足である。

竜之介たちが石段を上って通りへ出ると、千次が走り寄ってきた。顔が紅潮している。走りづめで来たらしい。

「く、雲井さま、弥之助は店にいやす！」

千次が竜之介に近付くなり言った。

「そうか」

「茂平の兄いに、すぐに雲井さまをお連れしろと言われ、走ってきやした」

千次が口早に言った。

「分かった。すぐ、行こう」

竜之介は、平十に舟に残るよう指示した。弥之助ひとりを捕らえるのに、五人で踏み込むことはないと思ったのである。

千次の先導で、三町ほど堀沿いの道を行ってから右手の路地に入った。

「雲井さま、あそこでさァ。灯が洩《も》れている店が扇屋で」

千次が歩調をゆるめながら言った。

半町ほど先の路地沿いの店先が、ほんのりと明らんでいた。戸口の掛け行灯《あんどん》の灯《ひ》らしい。小体《こてい》だが、二階建てだった。二階には、店の女将《おかみ》や弥之助の寝泊まりする座敷があるのかもしれない。

「茂平は？」

竜之介が訊いた。

「斜向《はす》かいの家の脇におりやす」

見ると、扇屋の斜向かいに仕舞屋《しもたや》があった。表戸はしめてあり、夜陰のなかに黒く家の輪郭だけが見えていた。

竜之介たちは仕舞屋の脇の暗がりにまわった。茂平は、闇に溶ける装束で家の脇の闇溜《やみだ》まりに身をひそめていた。茂平の姿はまったく見えず、闇のなかに細い双眸《そうぼう》が青白くひかっている。

「雲井さま、踏み込むならいまですぜ」

茂平が低い声で言った。

小半刻（三十分）ほど前まで、茂平は扇屋の戸口のすぐ脇の暗がりにひそんでいたという。

茂平は客が三人店から出てきたとき、足音を消して客の後ろにまわり、戸口から店のなかを覗《のぞ》いてみた。店内には女将らしい女と客がひとり、それに弥之助がいた。弥之助は小上がりの隅に腰を下ろし、ひとりで酒を飲み、女将は客に酌をしてやっていた。

「その後、店に客は入っていやせん。いるのは、三人だけでさァ。……客はいつ帰《けえ》るか分からねえし、新しい客が入ってくるかもしれやせん。やるならいまだと思いやしてね、千次を走らせたんでさァ」

「板場は？」

「店の裏手にありやす。年配の男がひとりいるらしいが、騒ぐようだったら、あっしが猿轡《さるぐつわ》でもかましておきやすよ」

茂平が小声で言った。

「よし、踏み込もう」

竜之介は懐から手ぬぐいを取り出して頰っかむりした。顔を隠そうと思ったのである。千次と寅六も、手ぬぐいで頰っかむりして顔を隠した。

「行くぞ」

竜之介が先に立った。

茂平、千次、寅六の三人が後につづく。

3

戸口の格子戸はしまっていた。店のなかから、かすかに男の濁声《だみごえ》と女の声が聞こえた。客と女将が話しているらしい。

竜之介は格子戸をあけ、すぐに店のなかへ踏み込んだ。茂平たち三人がつづく。

竜之介は土間に立つと、すばやく店内に視線をまわした。店内の両隅に燭台《しょくだい》が立ててあり、ぼんやり照らしていた。

土間の先に小上がりがあった。間仕切りの屏風《びょうぶ》が置いてあり、手前に年増《としま》と商家の旦那《だんな》ふうの男が酒を飲んでいた。左手の奥でも、男がひとり酒を飲んでいた。弥之助らしい。

「いらっしゃい」

年増が声を上げ、すぐに腰を浮かせた。女将のお静のようだ。竜之介たちを客と思ったらしい。

竜之介はお静にかまわず、すばやい動きで弥之助に迫った。茂平と寅六が、竜之介の両脇から弥之助に近付いていく。すでに、ふたりは十手を手にしていた。竜之介から渡されていた十手である。千次は目をつり上げて、竜之介の後ろについている。

「だ、だれだ、てめえたちは！」

弥之助がひき攣《つ》ったような声を上げ、飛び上がるような勢いで立ち上がった。

竜之介は抜刀し、峰に返すと、小上がりに踏み込んだ。茂平と寅六が、十手を前に突き出すように構えて弥之助の両脇から迫った。ふたりの両眼が、燭台の火を映じて赤くひかっている。

キャッ！　と悲鳴を上げ、お静が慌てて小上がりの隅へ逃れた。客は驚怖に目を剝《む》き、その場に座り込んだまま激しく身を顫《ふる》わせている。腰が抜けて、動けないようだ。

「ちくしょう！」

弥之助が叫びざま、足元の酒肴《しゅこう》の膳《ぜん》を蹴飛《けと》ばした。激しい音をたてて膳が転がり、銚子《ちょうし》や肴《さかな》の入った小鉢や皿が飛び散った。

弥之助は懐から匕首《あいくち》を取り出すと、それを胸の前に突き出すように構え、

「殺してやる！」

と叫び、竜之介に迫ってきた。目をつり上げ、口をひらいて歯を剝き出している。凶暴な獣のような形相である。

竜之介は脇構えに取り、腰を沈めた。峰打ちに仕留めるつもりだった。

「死ね！」

弥之助が叫びざまつっ込んできた。体当たりするような勢いで竜之介に迫り、手にした匕首を前に突き出した。

一瞬、竜之介は脇へ跳んで、刀身を横に払った。俊敏な体捌《たいさば》きである。

ドスッ、という皮肉を打つにぶい音がし、弥之助が喉《のど》のつまったような悲鳴を上げて、前につんのめった。竜之介の峰打ちが弥之助の腹を強打したのである。

弥之助は前に倒れ、両手をついて這《は》うような恰好《かっこう》になった。そこへ、茂平と寅六が飛び付いた。茂平が十手で盆《ぼん》の窪《くぼ》を押さえ、左手で肩をつかんで弥之助を動けないよ

うにし、寅六が弥之助の両腕を後ろにとって縛り上げた。なかなか手際がいい。

「猿轡をかませろ！」

竜之介が、切っ先を弥之助の首筋につけたまま命じた。

「あっしが、やりやす」

千次が勢い込んで弥之助の後ろにまわった。千次の手が震えていたが、寅六も手伝ったので、何とか猿轡をかますことができた。

竜之介は刀を納めると、小上がりの隅にへたり込んで身を顫わせているお静と客に近付き、

「騒ぎ立てていたせば、その方らも召し捕るぞ」

と、重々しい口調で言った。町方と思わせるためである。

「お、お許しを……」

客が畳に拝跪《はいき》し、声を震わせて言った。

お静も頭の上で掌を合わせ、さ、騒ぎ立て、いたしません、とかすれ声で言った。

「よし、しばらく、ここから動くな」

そう言い置いて、竜之介は茂平たちと弥之助を連れて店から出た。

平十の待っている船寄にもどり、弥之助を舟に乗せると、

「築地へ、舟をまわしてくれ」

と、竜之介が言った。今夜のうちに、横田家の屋敷の白洲《しらす》で、弥之助の口を割らせるつもりだった。一刻も早く弥之助から梟党一味のことを聞き出し、塒《ねぐら》が分かれば、一味の者たちが姿を隠す前に捕らえたかったのである。

「承知しやした」

平十が、舟を船寄から離した。

竜之介たちの乗る舟は浜町堀を引き返し、大川へ出ると水押《みお》しを下流にむけた。まだ風があった。夜の大川は無数の波の起伏を刻みながら流れ、夜空と一体となった深い闇のなかに飲み込まれている。

舟は波の起伏を切るように白い波飛沫《しぶき》を上げ、揺れながら下流にむかっていく。

竜之介は弥之助を横田屋敷の白洲に連れていった。一段高い座敷に竜之介が座り、弥之助は土間に敷いた筵《むしろ》の上に座らされた。

科人《とがにん》の吟味は、御頭の横田があたることが多いが、いまは罪状の吟味というより口を割らせるための訊問《じんもん》なので竜之介があたった。それに、竜之介は屋敷内で休んでいる横田に、吟味を願い出る気にはなれなかったのである。

竜之介の顔は、瀬川屋の離れにいるときや市中を歩いているときとはちがっていた。顔がひきしまり、火盗改の与力らしい凄《すご》みがある。

弥之助は後ろ手に縛られていた。その弥之助の後ろに、平十と仮牢《かりろう》の番人で責役《せめやく》でもある重吉《じゅうきち》がいた。

平十は密偵ではあったが、小者のような役割も果たし、竜之介の供について横田屋敷に出入りすることもあったのだ。茂平、寅六、千次の三人は、横田屋敷には入らず、それぞれの塒に帰っている。

重吉は青竹を手にしていた。竜之介の指示で、弥之助をたたくのである。

弥之助は紙のように蒼《あお》ざめた顔で激しく身を顫わせていた。火盗改の屋敷に連れてこられたときから、ただの吟味ではないと察知したようだ。

「弥之助、面《おもて》を上げろ」

竜之介が静かだが重いひびきのある声で言った。

弥之助は首をすくめながら、上目遣いに竜之介を見た。

「弥之助、ここは町方ではない。火盗改の白洲だ。……隠し立てすると、地獄を見ることになるぞ」

「へえ……」

弥之助は視線を膝先《ひざさき》に落とした。

「弥之助、生業《なりわい》はなんだ」

竜之介が訊《き》いた。

「……料理屋の手伝いでさァ」

弥之助が視線を落としたままつぶやくような声で言った。

「吾助を知っているな」

「………！」

弥之助の肩が、ビクンと揺れた。とがった顎《あご》が、小刻みに震えている。

「吾助を知っているな！」

竜之介は語気を強くして同じことを訊いた。

「し、知りやせん」

「話す気になれんか」

そう言うと、竜之介は重吉に目配せし、

「もう一度訊く。よいか、これで三度目だぞ。……吾助を知っているな」

「し、知らねえ！」

弥之助が首を横に振りながらひき攣《つ》ったような声を上げた。

すると、弥之助の背後にいた重吉が、

「さァ、申し上げな、申し上げな」

と言いざま、青竹で、弥之助の肩口をビシビシとたたいた。その都度、弥之助の体がはずむように揺れ、弥之助の口から苦痛の呻《うめ》き声が洩《も》れた。

「弥之助、おまえが吾助と福寿屋に入ったことは分かっているのだ。知らぬと言っても、通じぬぞ」

「………！」

「吾助と福寿屋で会ったな」

竜之介がそう訊くと、重吉が、「申し上げな！　申し上げな！」と声を上げ、さらに激しく弥之助の肩をたたいた。

「し、知らねえ！」

弥之助は身をよじりながら、悲鳴のような声で言った。

「重吉、たたきの責めはこれまでだ。こいつには、地獄を見せてやらねえと、口をひらかねえようだ」

竜之介が鋭い目で弥之助を見すえて言った。物言いが伝法《でんぽう》になっている。竜之介も、本腰を入れて、弥之助を拷問にかけようと思ったようだ。

4

横田家の屋敷には、拷問蔵があった。そこには、世に恐れられた「横田棒」と呼ばれる拷問具《せめぐ》があった。御頭の横田が考案したものである。

三角形の角材のとがった角《かど》を上にして並べ、その上に科人《とがにん》を座らせ、足の上に平石を積み上げていくのである。いわゆる石抱きと呼ばれる拷問だが、積み上げる石の枚数が増えると、角材の角が脛《すね》に食い込んで皮肉が破れ、骨が砕けると言われている。この拷問にかけられると、いかに剛の者でも口を割ったという。

竜之介は拷問蔵に、弥之助を連れていった。拷問蔵のなかは薄暗かった。一段高い座敷の両側に百目蠟燭《ひゃくめろうそく》が立てられ、蔵のなかをぼんやりと照らし出している。

土蔵のなかの両脇に、拷問具が置かれていた。割竹や六尺棒が並べられ、釣責《つりぜめ》用の吊《つ》り縄がぶら下がり、海老責《えびぜめ》用の縄も置かれていた。そして、横田棒と呼ばれる角材と平石が幾つも積まれていた。そうした責具が、百目蠟燭の炎に照らされ、闇のなかに浮かび上がったように見えていた。

暗い澱《よど》んだような空気のなかには、血なまぐさい臭いがただよっていた。科人たちが、拷問で流した血が臭っているのであろう。

弥之助は拷問蔵に連れてこられたときから、激しく身を顫《ふる》わせ、歩くこともままならないほどだった。

竜之介は一段高い座敷に座すと、

「そこに、座れ」

と、弥之助に命じた。そこは砂を敷きつめた土蔵の土間である。

だが、弥之助はすぐには座らなかった。恐怖で身がすくんで、思うように座れなかったのかもしれない。

「さァ、座れ」

重吉が、弥之助の肩を押すようにして座らせた。

拷問蔵には、三人の責役がいた。あらたに永吉《えいきち》と猪助《いすけ》がくわわったのだ。ふたりとも重吉と同じ仮牢の番人で、責役を兼ねている。平十は、拷問蔵には入らなかった。本人が嫌がったこともあるが、拷問蔵での責役は決まっていたので、入っても手を出すことはできなかったのである。

弥之助の顔は蒼ざめ、激しく身を顫わせていた。火盗改の拷問蔵でおこなわれる拷問がいかに過酷であるか、弥之助も巷《ちまた》の噂で知っていたのだ。

「ここは地獄だぞ。弥之助、地獄の拷問《せめ》に耐えてみるか」

竜之介が、重いひびきのある声で言った。

「……………！」

弥之助は、視線を落としたまま口をひき結んでいる。

「では、訊く。吾助と福寿屋で会ったな」

「……会った覚えは、ございません」

弥之助が声を震わせて言った。弥之助も、しゃべれば断罪に処せられることを知っているのだろう。

竜之介は弥之助の後ろに控えている重吉たちに目をむけ、石を抱かせてやれ、と声をかけた。

「しゃべらぬか」

重吉たちは、すぐに土蔵の脇に並べてあった角材を運んできて、角を上にして何本か並べた。角がどす黒く染まっている。石抱きの拷問にかけられた者が流した血である。これを見た弥之助は、恐怖に顔をひき攣らせて腰を浮かせた。石抱きの拷問から逃げようとしたらしい。

だが、すぐに重吉たちに両腕を取られ、無理やり角材の上に座らされた。弥之助は苦痛に顔をゆがめた。座るだけでも、かなり痛いのである。

「どうだ、話す気になったか」

竜之介が声をあらためて訊いた。

弥之助は、すぐに悲鳴を上げた。弥之助は恐怖の表情をあらわにするが、根は強情のようだ。こういう男の口を割らせるのは、案外厄介である。

「知らねえ！　おれは、何も知らねえ！」

弥之助が、喚《わめ》くような声で言った。

「石を積め！」

竜之介が声を上げた。

すると、永吉と猪助が立ち上がり、積んである長方形の平石を運んできた。この間に、重吉は青竹を手にして、弥之助の後ろに立った。石を積むだけでなく、竹でたたいて責めるのである。

永吉と猪助は運んできた石を、弥之助の膝《ひざ》の上に置いた。

ギャッ！　と叫び声を上げ、弥之助が激しく上半身をよじった。全身をつらぬくような激痛がはしったにちがいない。

「話すか！」

竜之介が声をかけたが、弥之助は悲鳴を上げながら身をよじっている。

「積め！」

竜之介は声を上げ、永吉と猪助が石を運ぶのを目にしながら、

「弥之助、おまえの両足が砕けて死のうが苦しさで狂い死にしようが、おれはかまわん。吾助に手引きさせて松沢屋に押し入った梟党のひとりとして始末すれば、それで済むのだからな」

そう言い終えたとき、永吉と猪助が二枚目の石を積んだ。

弥之助が悲鳴を上げ、上半身を振りまわすように身をよじった。

すると、弥之助の背後にいた重吉が、

「申し上げな！　申し上げな！」
と叫びながら、ビシビシと青竹で、弥之助の肩や背をたたいた。
弥之助は悲鳴を上げながら激しく身をよじった。髷《まげ》の元結《もとゆい》が切れ、ざんばら髪にな
り、バサバサと音をたてた。目が激痛と恐怖でつり上がり、口をひらいて絶叫を上げ
ている。夜叉《やしゃ》のような凄《すさ》まじい形相だった。
永吉と猪助が、五枚目の石を積んだとき、弥之助の脛から血が噴いた。皮膚が裂け
たようだ。
弥之助が身をよじりながら、
「話す！　話す！　お話し、します」
と、叫んだ。
「よし、石を取ってやれ」
竜之介が、声を上げた。
すぐに、永吉と猪助が弥之助の膝の上の石を手早く脇に下ろし、弥之助の両腕を取
って、横田棒の脇に尻《しり》をつかせた。両足は、前に投げ出したままである。両脛が裂け、
血が流れている。
「つつみ隠さず話せば、医者にみせて足の手当てをしてやる」
竜之介が座敷から弥之助に声をかけた。

弥之助は苦痛に顔をゆがめて、ハア、ハアと荒い息を吐いていた。顔には脂汗が浮き、蠟燭の炎を映して赤く爛《ただ》れたようにひかっている。

「では、あらためて訊《き》くぞ。福寿屋で吾助と会ったな」

「へ、へい……」

「何の話をした」

「頼んだんでさァ。十両の金を渡して、夜更けに、くぐり戸をあくようにしておいてくれと……」

弥之助が蚊の鳴くような声で答えた。

「やはりそうか。吾助とは、どこで知り合ったのだ」

下働きの年寄りと遊び人のような弥之助が、前から付き合いがあったとは思えない。

「堀江町の一膳《いちぜん》めし屋で、知り合ったんでさァ」

弥之助によると、半年ほど前まで弥之助も堀江町の長屋に住んでいて、吾助と一膳めし屋で顔を合わせたおりに話をし、吾助が松沢屋で下働きをしていることを知ったという。

「となると、おまえも、梟党のひとりだな」

竜之介が弥之助を見すえて訊いた。

「ちがう！　あっしは、梟党じゃァねえ」

弥之助が竜之介を見上げて声を上げた。

「おかしいではないか。おまえが、松沢屋のくぐり戸をあけるように吾助に頼んでおきながら、押し入った一味ではないというのか」

「あっ、あっしは、頼まれただけなんで」

弥之助が声をつまらせて言った。

「だれに、頼まれたのだ」

「…………」

弥之助は苦悶《くもん》に顔をゆがめ、視線を膝先に落とした。しゃべれば、仲間内で制裁をくわえられるのであろう。

「もう一度、石を抱くか」

「しゃ、しゃべりやす！」

弥之助が顔を上げて訴えるように言った。

「だれに頼まれたのだ」

竜之介が同じことを訊いた。

「伊蔵《いぞう》の兄いで……」

弥之助が、二十両もらったことを小声で言い添えた。

「伊蔵は、梟党のひとりだな」

「そ、そこまでは、知らねえ」

「伊蔵の塒はどこだ」

竜之介は伊蔵を捕らえれば、弥之助が梟党であるかどうかはっきりするし、仲間も知れるのではないかと思った。

「塒は知らねえ」

「なに！　弥之助、まだ、しらを切る気か」

竜之介の語気が強くなった。

「う、嘘じゃねえ！　あっしは、聞いてねえんだ」

「では、伊蔵とどこで知り合ったのだ」

竜之介は、畳みかけるように訊いた。相手に考える間をあたえず、矢継ぎ早に訊くことでぼろを出させるのである。

「と、賭場《とば》でさァ」

弥之助が、ハッとしたような顔をした。思わず、賭場のことを口にしてしまったからだろう。火盗改は、博奕《ばくち》の取締りも厳しいのだ。

「どこの賭場だ」

すかさず、竜之介が訊いた。

「…………」

弥之助が困惑したような顔をして口をつぐんだ。

「弥之助、おまえが、博奕をしたことは目をつぶってやろう。伊蔵と知り合ったのは、どこの賭場だ」

「村松町《むらまつちょう》でさァ」

弥之助が小声で言った。村松町は、浜町堀の東側である。福寿屋からも、遠くない町だった。

弥之助によると、賭場は篠田屋《しのだや》という舂米屋《つきごめや》の脇の路地を入った先にある妾宅《しょうたく》ふうの仕舞屋《しもたや》だという。

「それで、貸元は？」

「甚五郎《じんごろう》親分と聞いていやす」

「甚五郎な」

竜之介は甚五郎の名を耳にしていたが、塒《ねぐら》は知らなかった。ただ、賭場が分かれば、甚五郎も簡単に手繰れるだろう。

「ところで、伊蔵には仲間がいるな」

竜之介は、伊蔵に話をもどした。

「へい、一度だけ会ったことがありやす」

「名は？」

「敏造でさァ」

「敏造だと！」

思わず、竜之介の声が大きくなった。阿部川町の借家を塒にし、竜之介や風間が追っていた男である。

「敏造の塒はどこだ」

「阿部川町と聞きやしたが、あっしは行ったことがねえ」

「うむ……」

阿部川町の借家は、竜之介たちもつかんでいたが、いまはそこから姿を消したのだ。

「敏造には情婦《いろ》がいたな」

竜之介は、敏造が浅草並木町で色っぽい女を連れて歩いているという話を耳にしていたのだ。情婦から手繰れば、敏造の居所が知れるかもしれない。

「へえ、浅草寺近くの小料理屋にいると聞いた覚えがありやす」

「何という店だ」

「……鶴屋《つるや》だったか、鶴乃屋《つるのや》だったか」

弥之助が首をひねった。はっきりしないらしい。

竜之介は、それだけ分かれば、小料理屋は割り出せると思った。

「ところで、敏造には二本差しの仲間がいるな」

竜之介は、風間たちを襲った武士のことを念頭において訊いたのだ。

「へ、へい……」

弥之助の顔から血の気が引いた。顔に恐怖の色が浮き、体が小刻みに顫《ふる》えだした。

「何という名だ」

「村神桑三郎《むらかみそうざぶろう》さまと聞きやした」

「村神な……」

まったく、覚えのない名だった。

「村神はどんな男だ」

「こ、怖《こえ》えお方だと聞きやした。村神の旦那《だんな》に、逆らうと頭を斬り割られるそうで」

弥之助が怖気《おぞけ》をふるうように声を震わせて言った。

……村神の仕業だ！

と、竜之介は確信した。彦八と吾助を斬ったのは、村神にちがいない。弥之助が強い恐怖の色を見せたのは、村神に自分も斬られると思ったからだろう。

「村神の家は？」

竜之介が声をあらためて訊いた。

「し、知りやせん。あっしは、一度も村神の旦那と話したこたァねえんで……。一度、伊蔵の兄いと歩いているのを見かけたことがあり、伊蔵の兄いから聞いただけなんでさァ」

弥之助が声をつまらせて言った。

「うむ……」

竜之介は弥之助が嘘を言っているようには思えなかった。

それから、竜之介は村神の容貌《ようぼう》や年恰好《かっこう》を訊いた。弥之助によると、村神は三十がらみだそうだ。面長で、鼻の高い男だという。

竜之介が弥之助の拷訊《ごうじん》を終えて、拷問蔵から出ると東の空が明らんでいた。そろそろ払暁《ふつぎょう》である。

5

竜之介は寝ずに行動した。まず、平十に話し、茂平、寅六、おこん、千次の四人の手を借りて、敏造の情婦がいるらしい小料理屋をつきとめるよう命じた。

また、竜之介と同じ召捕・廻り方の与力、北沢新三郎《きたざわしんざぶろう》にこれまでの探索の経緯を話し、村松町にある甚五郎の賭場をつきとめるよう頼んだ。風間が動けなかったので、探索の手が足りなかったのである。

平十たちは、すぐに小料理屋をつきとめてきた。竜之介が、平十に命じた二日後、

瀬川屋の離れに、平十とおこんが顔を出し、

「雲井さま、小料理屋が知れましたよ」

と、おこんが切り出した。

おこんによると、小料理屋の名は鶴乃屋《つるのや》で、浅草並木町の表通りから路地に半町ほど入ったところにあるという。また、女将の名は、おもん、とのことだった。

「それで、鶴乃屋に敏造はいるのか」

竜之介が訊いた。敏造がいなければ、どうにもならないのだ。

「名は分からないけど、それらしい男がいるようですよ」

おこんが言った。

「敏造かどうか、はっきりするといいのだがな」

はっきりしないと、踏み込んで捕らえることはできない。

「あたしが、探ってみましょうか。……雲井さま、敏造の人相が分かりますか」

おこんが訊いた。

「まだ、おこんには話してなかったな」

竜之介は、風間から聞いていた敏造の人相を口にした。のっぺりした面長で、目の細い男だそうである。

「それじゃァ、今夜にも、平十さんと鶴乃屋で一杯やってきますかね」

おこんは、平十に顔をむけて笑いかけた。

平十は黒羽織を羽織り、小店の旦那ふうに身を変えておこんと連れ立って浅草に出かけるという。どうやら、平十がおこんを贔屓《ひいき》にしている旦那という役まわりになり、ふたりで連れ立って鶴乃屋で一杯飲み、敏造がいるかどうか探ってくるつもりらしい。

「おこん、そういうことなら、おれも行こう」

竜之介が言った。

「雲井さまも、鶴乃屋に？」

「いや、おれは近くで待機している。敏造が店にいると分かったら、その夜のうちに踏み込みたいのでな」

翌日になると、敏造が店を出てしまうかもしれない。それに、敏造もそろそろ弥之助が火盗改に捕らえられたことを知るはずだ。下手をすると、敏造は鶴乃屋からも姿を消すかもしれない。

「茂平たちも、連れていきやすか」

平十が訊《き》いた。

「連絡がつくか」

「茂平だけなら」

「頼む」

おこんと平十だけでは、敏造を逃がす恐れがあったのだ。

その日、陽が沈みかけたころ、竜之介、平十、おこん、茂平の四人で、瀬川屋の桟橋から舟に乗った。

舟は浅草駒形町《こまがたちょう》の桟橋に着けるつもりだった。柳橋から並木町まで歩いても近かったので、並木町に行くだけなら舟を使うこともなかったのだが、竜之介は敏造を捕らえた後のことを考えたのである。弥之助と同じように、敏造の訊問《じんもん》を横田家の屋敷でやりたかったのだ。

平十は、駒形堂近くの桟橋に舟をとめた。まだ、駒形堂近くは賑《にぎ》わっていた。浅草寺の参詣客《さんけいきゃく》や遊山客などが、行き交っている。

竜之介は駒形堂の前に手頃なそば屋を見つけると、

「おれたちは、そこのそば屋で待っている。店の様子が知れたら知らせてくれ」

と言って、茂平を連れてそば屋に足をむけた。

平十とおこんは、浅草寺の方へむかった。鶴乃屋のある並木町はすぐである。

平十とおこんは、浅草寺の門前通りを歩いた。すでに暮れ六ツ（午後六時）は過ぎていたが、たいへんな賑わいを見せていた。門前通りは料理茶屋、料理屋、そば屋などが軒を並べ、遊女屋や置き屋なども目についた。浅草寺界隈《かいわい》は岡場所でも名の知れたところで、参詣客だけでなく女郎めあての遊客《ゆうかく》も多かった。

平十たちは通り沿いにある料理茶屋の脇の路地におれ、一町ほど歩いたところで、足をとめた。すぐ前に、暖簾《のれん》を出した小料理屋があった。掛け行灯《あんどん》がともっている。鶴乃屋のようだ。

「平蔵《へいぞう》の旦那、行きますよ」

おこんが平十に肩を寄せ、色っぽい笑みを浮かべて言った。平蔵の名は、おこんが勝手につけた平十の偽名である。

「わ、分かった」

平十が身を硬くし、声をつまらせて言った。年甲斐《としがい》もなく、顔を赤らめている。

「駄目ですよ。旦那は、あたしのいい男って役まわりなんだから、それらしくしてくださいよ」

おこんが甘えるような声で言った。

「おれは、大店《おおだな》の旦那だな」

平十が胸を張った。

「頼みますよ」

おこんが、平十の耳元で、旦那は、あまりしゃべらなくていいからね、と耳打ちし、ふたりして鶴乃屋の暖簾をくぐった。

店のなかは薄暗かった。狭い土間の先に小上がりがあり、その先に障子がしめてあった。客を入れる座敷になっているらしい。

小上がりに数人の人影があった。客らしい。小上がりの座敷の脇に狭い廊下があった。そこから奥の座敷に行けるようになっているようだ。

「旦那ァ、ここで、一杯やっていきましょうよ」

おこんが平十の腕をつかみ、小上がりのそばへひっぱっていった。

「いらっしゃい」

女の声が聞こえ、小上がりの客に酌をしていた年増《としま》が立ち上がった。おもんらしい。色白の豊艶《ほうえん》な女である。

「女将《おかみ》さん、この旦那といっしょに一杯飲ませてくださいな」

おこんが平十の腕をとったまま、甘えるような声で言った。

平十はニヤニヤしていたが、体は硬くなっていた。こういうことは、あまり得意ではなかったのだ。

「奥の座敷なら、ふたりだけで、ゆっくりできますよ」

おもんが、目を細めて言った。

「いいんですよ、ここで。あまり長くはいられないんです。旦那とふたりで行くところがありましてね」

おこんが、ねえ、旦那、と言って、平十の胸に肩をあずけながら言った。

「そう、そう、ふたりで、行くところがあってな。長くはいられんのだ」

平十が、精一杯大店の旦那のようなふりをした。

「それじゃァ、お好きなところにどうぞ」

おもんが、小上がりに目をやって言った。

おこんはすばやく客たちに目をやったが、敏造らしい男はいないようだった。客は五人いた。職人らしい男がふたり、大工らしい男がふたり、それに隅で年配の小柄な男がひとり飲んでいた。

「旦那、ここでいいわね」

おこんは、小上がりの座敷の端に平十を連れていった。そこなら、店のなかが見渡せるのだ。

おこんと平十は座敷の隅に腰を下ろし、酒肴《しゅこう》の膳《ぜん》が運ばれてきてから、あらためて店内に目をやったが、やはり敏造らしい男はいなかった。

おこんたちは、チビチビやりながら間仕切り用の衝立《ついたて》の陰に身を隠すようにして店内に目をやっていた。

それから半刻《はんとき》（一時間）ほどしたときだった。床板を踏む足音がして、小上がりの脇の廊下から人影があらわれた。

おこんは銚子《ちょうし》を手にして、平十の杯に酒をつぎながら、男の方へ目をやった。
……敏造だ！
と、おこんは直感した。
男は格子縞《こうしじま》の単衣《ひとえ》を着流していた。遊び人ふうである。小上がりの隅に置かれた燭《しょく》
台《だい》の灯で男の顔が、ぼんやりと見えた。面長で、のっぺりした感じである。
そのとき、男が客に酌をしているおもんに目をやり、
「女将、おれの方にも酒を頼むぜ」
と、声をかけた。
すると、おもんが立ち上がり、
「トシさん、すぐ運びますよ」
と言って、客のそばから離れた。板場に行くつもりらしい。
「頼むぜ」
そう言い置くと、男はきびすを返して廊下を奥へもどっていった。
ふたりのやり取りを耳にしたおこんは、やはり、敏造だ、と胸の内でつぶやいた。
おもんが口にした、トシさん、は敏造の名であろう。
おこんは聞き耳を立て、廊下を歩く敏造の足音を聞いた。敏造がどこへ入るか、知
ろうと思ったのだ。

敏造の足音はすぐにやみ、障子をあける音がかすかに聞こえた。

……奥の座敷！

と、おこんは踏んだ。

おこんが平十に目をやると、

「やつが、敏造だ」

平十が目をひからせて言った。

それから、おこんたちは小半刻（三十分）ほど飲んでから、鶴乃屋を出た。すこし間を置いたのは、すぐに腰を上げるとおもんに不審を抱かせると思ったからである。

店の外へ出ると、すぐに平十が言った。

「おこんさん、雲井さまに知らせてくれ」

「平十さんは？」

「おれは、店を見張っている」

平十が店先に目をやりながら言った。

6

竜之介たちは、そば屋の追い込みの座敷の奥の小座敷にいた。

竜之介はおこんから話を聞くと、

「敏造がいたか！」

と言って、腰を上げた。

「平十さんが、店を見張ってます」

「ともかく、行ってみよう」

竜之介たちは、勘定をしてそば屋から出た。

五ッ半（午後九時）にちかいはずだが、まだ浅草寺の表通りは賑わっていた。通り沿いの料理茶屋や遊女屋などから洩《も》れる灯が通りを照らし、酔客や遊客が行き交い、箱屋を連れた芸妓《げいぎ》なども目についた。

「ここをまがったところです」

そう言って、おこんが料理茶屋の脇の路地へ入った。

薄暗い路地だった。縄暖簾を出した飲み屋、小体《こてい》なそば屋、小料理屋などがごてごてとつづいている。ぽつぽつと人影があった。酔客や女を連れた男などが目についた。首に白粉《おしろい》を塗りたくった女が、店先に立って客を呼んでいる。

「あの店です」

おこんが、路傍に足をとめて斜《はす》向かいの店を指差した。

暖簾を出した小体な店だった。入り口の戸はあいていて、灯が洩れていた。

「平十ですぜ」

茂平が小声で言った。

見ると、鶴乃屋の前にある縄暖簾を出した飲み屋の角の暗がりから平十が姿を見せ、竜之介たちの方へ足早にやってきた。

「どうだ、なかの様子は」

竜之介が訊《き》いた。

「敏造は出てきやせん」

平十によると、ふたり連れの客は出ていったが、まだ店には三人、客が残っているはずだという。

「敏造は奥の座敷ですよ」

おこんが言い添えた。

「客がいなくなるまで、待ってもいいが、いつになるか分からねえな」

こうした路地の夜は長い。下手をすると、子《ね》ノ刻（午前零時）ちかくまで、帰らない客もいるのだ。

「踏み込みやすか」

平十が目をひからせて訊いた。

「よし、おこん、平十、もう一芝居頼むぜ」

竜之介が、小声でふたりの役まわりを話した。

「おもしろいじゃないか」

おこんが、平十と顔を見合わせてうなずいた。

おこんは平十の腕をつかみ、酔ったふりをして足元をふらつかせながら鶴乃屋の戸口に足をむけた。ふたりの陰に身を隠すようにして、竜之介と茂平が後ろにつき、店の脇の暗がりに身を隠した。

平十は戸口のそばに屈《かが》み込み、おこんだけが店に入った。そして、店内を見まわし、小上がりで客に酌をしているおもんを目にすると、

「女将《おかみ》さん、女将さん」

と、声をかけた。

「あら、どうしたの、旦那《だんな》は？」

おもんが、腰を上げた。

「ふたりで、飲みなおそうと思って来たんだけど、旦那が店の前で屈み込んでしまってね。女将さん、手を貸してくださいな」

おこんが、困ったような顔をして言った。

「飲み過ぎじゃァないの」

おもんは立ち上がると、下駄をつっかけて戸口に出てきた。

「お、女将、すまん。手を貸してくれ」

戸口のそばに屈み込んだ平十が、苦しそうな顔をして手を差し出した。

「どうしたんですよ。そんなところに、屈み込んで」

おもんは戸口から出ると、平十の手を取って助け起こそうとした。

とそのとき、スッとおもんの背後に、黒い人影が近付いた。茂平である。茂平の黒装束は闇にまぎれ、顔さえはっきりしなかった。

いきなり、茂平がおもんの背後から腕をまわし、おもんの口をふさいだ。一瞬、おもんは目を剝《む》き、凍りついたようにつっ立った。

そこへ、竜之介が前から踏み込み、おもんに当て身をくれた。一瞬の早業である。グッ、と喉《のど》のつまったような呻《うめ》き声を上げ、おもんは腰からくずれるように倒れかかった。その体を茂平が抱きとめ、

「女は暗がりに引き込んでおきやしょう」

と言って、店の戸口の脇の暗がりにおもんを運んで横にした。いっとき経てば、気がつくだろう。

「雲井さま、こっちで」

平十が先に立って店内に入った。竜之介と茂平がつづき、さらにおこんも店に入ってきた。

小上がりに三人の客がいたが、竜之介たちの姿を見ても何も言わなかった。怪訝《けげん》な顔をしただけである。何が起こったか、分からなかったからであろう。

竜之介たちは、小上がりの脇の廊下から奥へ踏み込んだ。右手に障子がたててあり、ぼんやりと明らんでいた。人のいる気配がし、瀬戸物の触れ合うような音がした。敏造が酒を飲んでいるらしい。

「おもんか」

障子の向こうで、くぐもった声がした。

いきなり、平十が障子をあけはなった。小座敷で男がひとり酒肴《しゅこう》の膳《ぜん》を前にして、酒を飲んでいた。のっぺりした顔が酒気を帯びて赭黒《あかぐろ》く染まっている。敏造にまちがいないようだ。

敏造は平十と後ろにいる竜之介の姿を目にすると、驚愕《きょうがく》に目を剝き、

「だれだ、てめえたちは！」

と怒鳴り声を上げ、腰を浮かせた。

すばやく、竜之介が座敷に踏み込んだ。身を寄せざま抜刀し、峰に返した。峰打ちにするつもりだったのだ。

敏造は飛び上がるような勢いで立ち上がると、懐から匕首《あいくち》をつかみだした。顔がひき攣《つ》っている。

「ちくしょう！」

叫びざま、敏造が踏み込みながら匕首を突き出した。

刹那《せつな》、竜之介がすくい上げるように刀身を払った。

甲高い金属音がひびき、敏造の匕首が虚空へ飛び、障子を突き破って廊下へ落ちた。竜之介が匕首を撥《は》ね上げたのである。

敏造が勢い余って前に泳ぐところを、竜之介が刀身を返して腹を打った。一瞬の太刀捌《さば》きである。

敏造が腹を押さえて、その場にうずくまった。蟇《ひき》の鳴くような低い呻き声を洩らしている。竜之介の一撃が、敏造の腹を強打したのだ。

すぐに、平十と茂平が敏造を押さえつけ、後ろ手にとって縄をかけ、手ぬぐいで猿轡《さるぐつわ》をかました。そして、平十が着ていた黒羽織を敏造の頭からかぶせた。

「連れていけ」

竜之介が言うと、平十と茂平が敏造の両腕を取り、敏造の体を両側から挟むようにして廊下へ連れ出した。

夜更けとはいえ、浅草寺界隈《かいわい》にはまだ人目があった。不審を抱かせないよう、酔った仲間を介抱しながら連れていくように見せかけるのである。

第四章　首《しゅ》魁《かい》

1

竜之介は、横田家の屋敷の白洲《しらす》に敏造を引き出した。敏造はけわしい顔で、土間に敷いた筵《むしろ》の上に座していた。五ツ（午前八時）ごろであろうか。白洲の隅の連子窓《れんじまど》から、淡い朝日が射し込んでいる。

昨夜遅く、竜之介は横田家の屋敷に敏造を連れてきて、仮牢《かりろう》に入れた。吟味は明日にしようと思ったのである。

竜之介は茂平とおこんを帰した後、横田家の与力詰所で眠り、今朝、明け六ツ（午前六時）ごろ起きた。平十は横田家の中間《ちゅうげん》が寝泊まりする長屋に、休ませておいた。舟を使いたかったからである。

竜之介は着替えをすませた後、横田家の用人の松坂を通して、梟党《ふくろうとう》のひとりと思われる男を捕らえたことを御頭の横田に報告した。

横田はさっそく竜之介を屋敷内の御指図部屋に呼び、ことの次第をくわしく聞いた

後、

「雲井には、敏造と梟党のかかわりが分かっていよう」

と言って、敏造の吟味は竜之介にまかせたのである。

筵に座した敏造の背後には、責役《せめやく》の永吉と猪助がいかめしい顔をして立っていた。手に割竹を持っている。重吉は科人《とがにん》をたたく場合青竹を使うが、責役の者は割竹を使うことが多かったのだ。

「敏造、ここは火盗改の白洲だ。町方のようにあまくはないぞ」

竜之介は敏造を見すえて言った。

「…………」

敏造は黙したまま竜之介を見上げていた。顔はこわばって土気色をしていたが、目には憎悪を思わせる強いひかりが宿っていた。敏造には、腹の据わった悪党特有のふてぶてしさがあった。

「敏造、阿部川町で、火盗改の同心と手先を襲ったな」

竜之介は、風間たちを襲ったことから切り出した。

「あっしは、何も知りやせん」

敏造が低い声で言った。

「敏造、いまさら、しらを切ってもどうにもならんぞ。すでに、おまえと村神桑三郎で、襲ったことははっきりしているのだ。なんなら、襲われた同心と手先をここに連れてきてもいいぞ」

竜之介は村神の名を出した。こちらの調べが進んでいることを敏造に分からせるためである。

「……………！」

敏造の顔に驚いたような表情が浮いた。村神の名まで分かっているとは、思わなかったのだろう。

「阿部川町で、襲ったな」

竜之介が念を押すように訊いた。

「へい」

敏造が低い声で答えた。いまさら、隠しても仕方がないと思ったようだ。

「手先の彦八、松沢屋の吾助を斬ったのは、村神だな」

「…………」

敏造は心底を探るような目をして竜之介を見ただけで、口をつぐんでいる。

「おい、おれの目は節穴じゃァねえぜ。斬り口を見りゃァ、だれの手にかかったか分かる。それにな、村神の斬り方は、なまじの者じゃァ真似もできねえ」

竜之介の物言いが伝法《でんぽう》になり、凄《すご》みがくわわった。

「彦八と吾助を斬ったのは、村神だな」

「そうでさァ」

敏造が答えた。

どうやら、調べの進んでいることだけは、しゃべる気になったようだ。それに、肝が据わっているらしく、錯乱して叫んだり泣き出したりすることはなさそうだった。

……この男は、拷問せずにすむかもしれん。

と、竜之介は腹の内で思った。

「おまえと村神は、梟党だな」

竜之介が声をあらためて訊いた。

「あっしも村神の旦那《だんな》も、梟党じゃァねえ」

敏造がはっきりと言った。

「それは、おかしい。梟党でない者が、彦八や吾助を斬り、梟党を探索している火盗改の者を襲うはずはなかろう」

「あっしらは、金をもらって頼まれたんだ」

「斬るようにか」

「そうでさァ。彦八と吾助は、ひとり頭五十両。二本差しは、百両で……」

敏造はそこで口をつぐみ、竜之介に目をむけ、

「旦那は、二百両の高値がつくかもしれやせん」

と、低い声で言った。口元に薄笑いが浮いたが、すぐに笑いは消え、土気色のけわしい顔にもどった。

「頼んだのは、梟党だな」

それしか、考えられなかった。

「そうでさァ。……やつらは大金を持っていやすからね。百や二百の金はどうにでもなりまさァ」

「では、訊く。おまえたちに殺しを頼んだ梟党だが、まず、一味の者の名を聞かせてもらおうか」

「…………」

敏造は口をつぐんだ。虚空にむけられた視線が揺れている。しらを切るというより、迷っているようだ。

「伊蔵か」

竜之介は弥之助から聞いた名を出した。

「よくご存じで」

敏造が驚いたような顔をして竜之介を見た。

「それで、伊蔵の塒《ねぐら》はどこだ」

「し、知らねえ。あっしは伊蔵の名を聞いてただけでさァ」

敏造が声をつまらせて言った。

「伊蔵のほかには？」

梟党は、すくなくとも六人はいるはずだ。敏造は他にも知っている、と竜之介はみたのである。

「あっしらに金を出したのは、八左衛門《やざえもん》という親分でさァ」

敏造が言った。どうやら、敏造は話す気になったようだ。腹をくったのかもしれない。それに、梟党のことは隠しても仕方がないという思いもあるのだろう。

「八左衛門とな」

竜之介は初めて聞く名だった。親分となると、梟党の頭目であろうか。

敏造が上目遣いに竜之介を見つめながら、

「旦那はご存じですかね。……八左衛門は、深谷の宗兵衛の子分だったそうですぜ」

と、低い声で言った。双眸《そうぼう》が底びかりしている。十数年前のことだが、宗兵衛は江戸市中を震撼《しんかん》させた盗賊の頭だった。敏造のような悪党には、特別な名であろう。その名を口にして、敏造の気が高揚したようだ。

「なに、宗兵衛の子分だと！」

思わず、竜之介の声が大きくなった。

竜之介は梟党は六人だけではないと前から感じていた。そもそも村神は押し入った六人のなかにいないとみていたし、六人の背後には、得体の知れない巨魁《きょかい》がひそんでいるような気がしていたのだ。その巨魁が、宗兵衛であったのか——。

だが、竜之介には、宗兵衛が梟党を指図していたとは思えなかった。宗兵衛とは手口がまったく違っていたのだ。宗兵衛は手引きなど使わず、戸を刃物でぶち割って押し込み、店の者を皆殺しにして金を強奪するという荒っぽい手口をとっていた。しかも、宗兵衛は還暦にちかい老齢のはずである。

「宗兵衛が梟党の頭なのか」

竜之介があらためて訊いた。

「そんなこたァ知らねえ。八左衛門が、宗兵衛の子分だったという噂があるだけでさァ。あっしは、宗兵衛の名を聞いてるだけで、姿を見たこともありませんや。それに、宗兵衛は生きていても年寄りのはずだ。もう、押し込みは無理でさァ」

「うむ……」

敏造の言うとおりである。竜之介も、宗兵衛が梟党の頭目として店に押し入るのは無理だろうと思った。

「やはり、頭目は八左衛門か」

竜之介が念を押すように訊いた。

「梟党の頭は、別にいるようですぜ」

敏造が低い声で言った。

「どういうことだ？」

「あっしにも、だれが梟党の頭か分からねえんでさァ。あっしらに金を出して殺しを頼んだのは、まちがいなく八左衛門ですがね。八左衛門が押し込みを働くのは無理かもしれねえ」

「なぜ、無理なのだ」

「八左衛門も年寄りなんでさァ。それに、大柄な上に太ってやしてね。あの体で走ったりすりゃァ、すぐに息が上がりやすぜ」

「…………」

八左衛門が、敏造の言うとおりの男なら、梟党の頭目として店に押し入るのは無理かもしれない。

「八左衛門の塒はどこだ」

いずれにしろ、八左衛門を捕らえれば、はっきりするだろう。

「塒は知らねえ」

「なに、おまえは、八左衛門に会って殺しを頼まれたのではないのか」

竜之介の語気が強くなった。

「八左衛門の方から呼び出しがありやしてね。会ったのは、福寿屋でさァ」

「福寿屋か」

どうやら、福寿屋が敏造や八左衛門たちの密談場所になっていたようだ。

いっとき、竜之介は黙考していたが、

「さて、おまえと組んで殺しを働いていた村神だが、牢人《ろうにん》だな」

と、声をあらためて訊《き》いた。

「そのようで。村神の旦那は、江戸へ流れてきたようでさァ。上州《じょうしゅう》の高崎《たかさき》で生まれ育ったと聞きやしたぜ」

「高崎だな。……それで、塒は？」

「竹町《たけちょう》の長屋ですがね。あまり、長屋にはいねえようだ」

竹町は本所《ほんじょ》で、大川沿いにあった。浅草駒形町の対岸にあたり、駒形町と竹町を結ぶ渡し場があることでも知られていた。

「なんという店《たな》だ」

「庄蔵店《しょうぞうだな》でさァ」

「そうか」

竜之介はすぐにも庄蔵店に出向き、村神を捕らえるつもりだった。また、火盗改の者を狙ってくる恐れがあったからである。

竜之介が虚空に視線をとめて口をつぐんでいると、

「あっしを、お縄にしたことはすぐに知れやすぜ。用心した方がいいや。村神の旦那以上に八左衛門は怖《こえ》え男だ」

敏造が口元に薄笑いを浮かべて言った。竜之介にむけられた目が、異様なひかりを宿していた。追い詰められて死を覚悟した者の狂気の笑いなのかもしれない。

2

竜之介は横田家の屋敷を出ると、平十の舟で大川をさかのぼり、竹町にむかった。ともかく、村神の所在を確かめようと思ったのである。

平十は竹町の渡し場近くの桟橋に舟をとめた。竜之介は、平十が舫《もや》い杭《くい》に舟をつなぐのを待ってから大川端の通りへ出た。

「雲井さま、庄蔵店ですかい」

平十が訊いた。

「そうだが……。どうだ、手分けして探すか」

竜之介は、ふたりで歩くより手分けして探した方が早いと思った。

「承知しやした」

「村神に気付かれるなよ」

村神は平十が塒を探っていると知れば、生かしてはおかないだろう、と竜之介は思っ たのだ。

竜之介は、一刻《いっとき》(二時間)ほどしたら、渡し場にもどることを話して平十と別れた。

……さて、どうするか。

竜之介は、通りの左右に目をやった。竹町はせまい町なので手間はかからないと思ったが、闇雲に探しまわるより、通り沿いの店の者に訊いた方が早いだろう。

竜之介は、一町ほど先に八百屋があるのを目にとめた。親爺《おやじ》らしい男が、店先で客の女と話している。

……あの男に訊いてみるか。

竜之介は、八百屋のある川下の方へ足をむけた。

ちょうど、店先まで行ったとき、親爺と話していた女が店先を離れたので、竜之介は庄蔵店の名を出して訊いたが、

「この通りに、そんな名の長屋はありませんぜ」

と、親爺が無愛想に答えた。

竜之介も川沿いの表通りではなく、裏路地にあるのだろうと思い、長屋のありそうな路地に入って訊いてみた。

なかなか庄蔵店は分からなかったが、別の路地に入り、通りすがりのぼてふりをつかまえて訊くと、

「庄蔵店なら、この先でさァ。一町ほど行きやすと、瀬戸物屋がありやしてね。その脇に長屋の路地木戸がありやすぜ」

ぼてふりはそう言い残し、足早に通り過ぎていった。

路地を一町ほどたどると、ぼてふりが言ったとおり小体《こてい》な瀬戸物屋があった。その脇に、長屋につづく路地木戸がある。

竜之介が路地木戸の前へ歩を進めようとしたとき、ふいに瀬戸物屋から平十が出てきた。

「あっ、雲井さま」

平十が驚いたような顔をして足をとめた。

「おまえも、庄蔵店をつきとめたのか」

平十がここにいるということは、庄蔵店をつきとめたからであろう。

「へい、村神という牢人がいるかどうか、瀬戸物屋の親爺に訊いてみたんでさァ」

「それで？」

「村神は長屋に住んでるらしいが、いねえときが多いようですぜ」

「うむ……」

そういえば、敏造も同じことを口にしていた。

「ともかく、いるかどうか探ってみよう」

竜之介は、長屋の住人に訊けばはっきりするだろうと思った。

「長屋に踏み込みやすか」

「いや、長屋から出てきた者をつかまえて訊こう」

長屋に踏み込んで訊けば早いだろうが、村神が長屋にいれば先に気付いて逃げられる恐れがあった。いない場合も、村神はどこかで竜之介たちが長屋に探りに来たことを耳にして姿を消すかもしれない。

「あの椿の陰で、しばらく様子をみよう」

路地沿いに植えられた椿が枝葉を茂らせていた。その陰にまわれば、路地からは見えないはずである。

待つまでもなかった。竜之介たちが、椿の陰にまわってすぐ、長屋の女房らしい女がひとり、路地木戸から下駄の音をひびかせて出てきた。手に丼《どんぶり》を持っている。近所の店に惣菜《そうざい》でも買いに来たのかもしれない。

竜之介は路地に出ると、

「待て、しばし」

と、声をかけた。竜之介は羽織袴《はおりはかま》姿で来ていたので、武士らしい物言いをしたのである。平十はかしこまって、竜之介の背後にひかえている。

「な、なんでしょうか」

女は、怯《おび》えたような顔をして竜之介を見た。無理もない。突然、武士に呼びとめられれば、不安を覚えて当然だろう。

「庄蔵店の者かな」

「そうですけど……」

「この長屋に、村神桑三郎なる者が住んでおらぬかな」

「いますよ」

女の顔に、訝《いぶか》しそうな色が浮いた。

「村神どのとは、若いころ剣術道場でいっしょに稽古《けいこ》した仲なのだ。庄蔵店にいると聞いた覚えがあってな。近くを通りかかったので、寄ってみたのだ」

竜之介がもっともらしく言った。

「村神の旦那《だんな》は、このところ長屋にいないことが多いようですよ」

女がつぶやくような声で言った。

「いまも、いないのか」

「あたし、村神の旦那の家の前を通ってきたんですけど、留守でしたよ」

「越したのか」

竜之介が驚いたような顔をして訊いた。

「引っ越したわけじゃァありませんよ。前からそうなんです。何をしてるのか、村神の旦那は、長屋を留守にしてることが多いんです」

女の顔に嫌悪とも嘲弄《ちょうろう》ともとれるような表情が浮いた。村神のことをよく思っていないらしい。

「村神どのは、独り暮らしか」

「そうですよ」

女は通りの先に目をやり、その場を離れたいような素振りを見せた。

「だれか、訪ねてくるようなことはなかったかな」

かまわず、竜之介が訊いた。

「ときどき、遊び人のような男が来ることがあったけど、長屋の者は話もしませんでしたよ。かかわりになるのが嫌ですからね」

女はそう言うと、急ぐので、もう行ってもいいですか、と小声で訊いた。

「手間をとらせてすまなかったな」

竜之介は、そう言って女を解放した。

「村神は長屋にいないようだ」

竜之介は遠ざかっていく女の背に目をやりながら言った。

「どうしやす」

「いつ帰ってくるか分からぬ者を待っていても仕方がないな」

それに、竜之介はすぐにも手を打たねばならないことがあった。福寿屋の近くで張り込み、八左衛門が姿をあらわすのを待つのである。福寿屋には、八左衛門だけでなく村神も姿を見せるかもしれないのだ。

竜之介がそのことを話すと、

「あっしが、ここを見張りやすよ」

と、平十が言った。長屋を見張り、村神があらわれるのを待つというのだ。

「平十、村神に気付かれるなよ」

竜之介は平十に、村神の姿を目にしたらすぐに知らせに瀬川屋へもどるよう指示してその場を離れた。

竜之介は大川端沿いの道にもどると、下流に足をむけた。相生町《あいおいちょう》の長屋に住んでいる千次に会い、茂平と寅六の許《もと》に走らせ、今夜にも瀬川屋へ来るよう連絡させようと思ったのである。

3

その日、暗くなると、瀬川屋の離れに茂平、寅六、千次の三人が顔をそろえた。おこんに声をかけなかったのは、女の身のおこんは長時間の張り込みに適さないとみたからである。

竜之介は訊問《じんもん》で敏造が吐いたことを一通り話した後、

「いま、平十が庄蔵店を見張っている」

と、言い添えた。

「雲井さま、あっしらは何をすればいいんで」

寅六がくぐもった声で訊《き》いた。

「福寿屋を見張ってくれ。八左衛門が、姿をあらわすかもしれねえ」

竜之介は密偵《てさき》たちに話すときのくだけた物言いで、敏造から聞いた八左衛門の年恰《かっ》好《こう》や体軀《たいく》などを話した。

「それで、八左衛門があらわれたらどうしやす」

茂平が訊いた。

「跡を尾《つ》けろ。塒《ねぐら》が知りてえんだ」

竜之介は、その塒に梟党一味もいるのではないかと思った。六人そろっているとは思わないが、ひとりぐらい身をひそめているのではあるまいか。

「あっしも、やりやすぜ」

千次が身を乗り出すようにして言った。

「千次にも頼む。……それからな、村神らしい牢人者《ろうにんもの》が姿を見せたら跡を尾けてくれ」

「承知しやした」

茂平が言うと、寅六と千次もうなずいた。


翌朝、竜之介はいったん御徒町の自邸にもどり、父の孫兵衛と母のせつに、横田屋敷にいたことを話した。横田屋敷にいることはすくなかったが、瀬川屋で寝泊まりしているとは言いづらかったのである。

竜之介が自邸にもどって話したのは、しばらく家をあけていたので、父母が心配しているると思ったからだ。それに、ふたりが他の与力の屋敷に出かけ、竜之介のことを訊きまわったりしては困るのである。

「竜之介、それにしても、家をあけることが多いんじゃァないかい」

いつも、おだやかな表情をしているせつが、渋い顔をして言った。

「母上、他言無用に願いますが、いま、江戸市中をさわがせている梟党の噂を耳にしたことはございませんか」

竜之介がせつの耳元に顔を寄せてささやいた。

「聞いてますよ。梟のような頭巾《ずきん》をかぶっている盗賊だそうだね」

せつも、声をひそめて言った。

「それがし、御頭のお指図で、その賊の探索にあたっておるのです」

「おまえがかい」

せつが、目を瞠《みひら》いて訊いた。

「そうです。……本物の梟《ふくろう》が相手ではありませんが、どうしても夜中出歩き、隠密《おんみつ》に行動せねばなりません。それで、家をあけがちになるのです」

竜之介がもっともらしい顔をして言った。

「それでは、仕方がないねえ」

フッ、とせつが溜《た》め息をついた。

「母上、今後は、できるかぎり家をあけないようにいたします」

「そうかい。でも、気をつけておくれよ。盗賊に襲われたりしないようにね」

せつが、心配そうな顔をして言った。

「ご心配なく、盗賊が襲うのは大店《おおだな》で、わたしのような者を襲っても金にはなりませんから」

竜之介が冗談まじりに言うと、せつも安心したのか顔をなごませた。

昼過ぎになって、竜之介は風間の家へむかった。風間が傷を負ってから、半月ほど過ぎていた。だいぶ傷も癒《い》えたのではあるまいか。風間が動けるようなら、手を借りたかったのである。

風間家の玄関を入り、訪《おとな》いを入れると、すぐに廊下を歩く足音が聞こえ、妹の佐枝が顔を出した。

「く、雲井さま……」

佐枝は声をつまらせて言い、慌てて上がり框《がまち》近くに膝《ひざ》を折った。色白のふっくらした頰が、紅葉《もみじ》のように染まっている。

「風間はいるかな」

「は、はい、どうぞ、お上がりになってくださいまし」

佐枝が、はずかしそうに目を瞬《しばた》かせた。

そのとき、佐枝の背後で足音がし、母親のくにが姿を見せた。

くには、佐枝の脇に膝を折ると、

「雲井さま、ようおいでくださいました。さァ、お上がりなさって」

と言って、腰を浮かせた。居間にでも、案内するつもりなのだろう。

竜之介は、風間の傷の具合を訊き、歩けるようなら屋敷に上がらずに付近を歩きながら話そうと思っていたのだが、これでは上がらないわけにはいかない。

「失礼いたす」

竜之介は大刀を鞘《さや》ごと抜いて手にしてから上がった。

風間は居間でくつろいでいた。小袖《こそで》に角帯姿である。襟元から肩口に巻いている白い晒《さらし》が見えたが、血の色はなかった。顔色もよく、元気そうだった。

風間は竜之介を目にすると、慌てた様子で座りなおし、

「雲井さま、ご足労おかけし、もうしわけございません」

と言って、頭を下げ、お声をかけていただければ、それがしの方で、伺いましたのに、と小声で言い添えた。

「近くを通りかかったのでな、ついでに寄らせてもらったのだ。それより、どうだ、傷の具合は」

「だいぶよくなりました。このとおり……」

風間がそっと左腕をまわして見せ、まだ、刀は遣えませんが、歩くのには何の支障もございません、と言い添えた。

「それはなにより……。実は、探索のことでな」

竜之介はそう言って、風間の脇に端座しているくにと佐枝に目をやった。ふたりが

いては、話しづらいのである。

風間はすぐに竜之介の胸の内を察知し、

「母上、佐枝、ふたりで茶を淹《い》れてきてくれませぬか」

と、顔を赤らめて言った。

「これは、気が付きませんでした。佐枝、手伝っておくれ」

くにはそう言うと、竜之介に頭を下げてから、そそくさと立ち上がった。

佐枝も立ち上がり、母親につづいて座敷から出ていった。

「まったく、うちの者は気がきかなくて困ります」

風間が困惑したような顔をした。

「いいではないか。うちも、似たようなものだ」

竜之介は笑みを浮かべて言った。

「雲井さま、探索のお話とは？」

風間が声をあらためて訊いた。

「敏造をつかまえてな、口を割らせたのだ」

竜之介は、敏造の吟味の様子とその後の探索の経緯を一通り話した。

「もうしわけございません。それがしは、何もできなくて……」

風間は恐縮したように肩をすぼめた。

「気にするな。それより、どうだ、動けるか」

「はい、これまで怠けた分を取り返したいと思っております」

風間が語気を強くして言った。

「無理をしてもらっては困るが、手先を使ってな、探ってもらいたいことがあるのだ」

「なんなりと」

「まず、竹町の庄蔵店界隈《かいわい》を探って、村神の居所をつかんでほしいのだ」

竜之介は、村神が頻繁に長屋を留守にするのは、ほかにも塒があるからだろうとみていた。

「承知しました」

「それにな、八左衛門のことも探ってくれ。老齢の上に、大柄でふとった男だそうなのでな、遠出は苦手であろう。……福寿屋の近くに隠れ家があるのではないかな。敏造たちと福寿屋で会っていたそうだからな。……それに、福寿屋のあるじの素性も探ってくれ」

「分かりました」

風間が顔をけわしくしてうなずいた。

そのとき、廊下を歩く足音がし、佐枝とくにが茶菓を持ち、すまし顔で座敷に入ってきた。

4

茂平は群生した丈の高い葦《あし》の陰にいた。そこは浜町堀の岸辺で、斜向《はす》かいに福寿屋がある。そばに、千次の姿もあった。ふたりは葦の陰に身を隠して、福寿屋の店先を見張っていたのだ。

六ツ半（午後七時）ごろだった。辺りは夜陰につつまれている。茂平はいつもの闇に溶ける衣装に身をつつんでいた。千次も黒の半纏《はんてん》に黒股引《ももひき》、茶の手ぬぐいで頰っかむりしていた。

「茂平兄い、今日も無駄骨ですかね」

千次が生欠伸《なまあくび》を嚙《か》み殺しながら言った。

茂平たちが、この場から福寿屋を見張るようになって三日目だった。もっとも、陽が沈むころから五ツ半（午後九時）ごろの間だけで、しかも寅六と交替だったので、それほど長時間の張り込みにはならなかった。長丁場になるとみて、そう無理はしなかったのだ。

「千次、張り込みはこれからだぜ。……このくれえのことで、音《ね》を上げてちゃァ雲井さまの手先はつとまらねえな」

茂平がくぐもった声で言った。

「音を上げてるわけじゃァねえや。ちょいと、肩が凝っただけでさァ」

そう言って、千次は両肩をぐるぐるとまわした。どうやら、長時間凝《じつ》としている張り込みは苦手らしい。

「しょうがねえ。おめえ、そばでも食ってこい」

「兄いを置いて、おれだけそばを食いに行くわけにはいかねえ……」

そう言ったとき、ふいに千次が目を瞠《みひら》いた。

「あ、兄い、二本差しが来たぜ！」

「村神かもしれねえ」

茂平が福寿屋の店先を見つめながら言った。

小袖に袴《はかま》姿で黒鞘の大小を帯びた男が、店先に近付いてきた。牢人《ろうにん》らしい。夜陰につつまれて顔は見えなかったが、禄《ろく》を喰《は》む武士とはちがった荒んだ雰囲気が身辺にただよっている。

牢人が福寿屋の戸口に近寄ったとき、掛け行灯《あんどん》の灯に顔が浮かび上がった。すぐに、牢人は暖簾《のれん》をくぐって店に入っていった。

「まちげえねえ、村神だ」

武士は面長で鼻梁《びりょう》が高かった。竜之介から聞いていた人相である。

「兄い、どうしやす」

千次が昂《たかぶ》った声で訊《き》いた。

「焦ることたァねえ。やつは、すぐには出てきやァしねえ。……それより、八左衛門が姿を見せるかもしれねえぜ」

茂平が、村神ひとりで飲みに来るはずはねえ、と言い添えた。

ふたりは、また葦の陰から福寿屋の店先に目をむけた。それから、半刻《はんとき》（一時間）ほど過ぎた。その間、店に入っていった客は十人ほどいたが、八左衛門らしい男は姿を見せなかった。商家の旦那《だんな》ふうの男、大工らしい男が三人、職人のふたり連れ、供連れの武士、それに遊び人ふうの男もいた。

「八左衛門は、来ねえなァ」

また、千次が欠伸を嚙み殺しながら言った。

「村神は、ほかのやつと会ったのかもしれねえな」

「ちょいと、店を覗《のぞ》いて訊いてみやすか」

「だれに訊くんだ」

「女中か、若い衆に銭を握らせて」

「千次、そんなことをすりゃァ、町方か火盗改が調べに来たと村神に教えてやるようなもんじゃァねえか。そうなりゃァ、村神に逃げられるだけじゃァねえ。おれもおめえも頭をぶち割られるぜ」

「そいつは、御免だ」

千次が首をすくめた。

それから、さらに半刻ほど過ぎた。夜は更け、浜町堀沿いの通りも、ほとんど人影がなくなった。ときおり、酔客や夜鷹《よたか》そば屋などが通り過ぎていくだけである。

「おい、出てきたぜ。村神だ」

茂平が言った。

福寿屋の戸口の格子戸があいて、村神と商家の旦那ふうの男、それに店の女将《おかみ》らしい年増《としま》が出てきた。女将は、ふたりの客を見送りに出てきたようだ。旦那ふうの男は、痩《や》せて背の高い男だった。

戸口のところで、女将が村神と旦那ふうの男に声をかけていた。旦那ふうの男が答えている。何を話したのか分からなかったが、女将と旦那ふうの男が笑ったらしく白い歯が見えた。

村神だけは笑わなかった。手にした刀を腰に帯び、ひとりだけ戸口を離れようとしていた。その村神に旦那ふうの男が声をかけ、ふたりは肩を並べて通りへ足をむけた。

ふたりは通りへ出ると、左右に分かれた。村神は北へ。旦那ふうの男は南へ。浜町堀沿いの道を足早に歩いていく。

上空に月が出ていた。皓々《こうこう》とかがやいている。月光が遠ざかっていくふたりの姿を、照らし出していた。提灯《ちょうちん》はなくとも、歩けそうである。

茂平と千次は、葦を掻《か》き分けて堀沿いの通りへ出た。

「茂平の兄い、尾《つ》けやしょう」

千次が目を剝《む》いて言った。

「よし、千次、おめえは商人《あきんど》だ。おれは、村神を尾けるぜ」

茂平は、商家の旦那ふうの男なら尾行を気付かれても命を奪われるようなことはないと踏んだのである。

「合点だ」

千次は足早に旦那ふうの男を尾け始めた。

茂平の尾行は巧みだった。浜町堀沿いの店屋の軒下や岸際に植えられた柳の樹陰などをたどりながら、足音もたてずに村神の跡を尾けていく。

村神は浜町堀にかかる汐見橋《しおみばし》を渡ると、そのまま表通りを両国《りょうごく》の方へむかった。通り沿いには、大店《おおだな》が軒を連ねていたが、どの店も大戸をしめ、ひっそりと夜の帳《とばり》につつまれていた。人通りはほとんどなく、ときおり酔客が足をふらつかせて歩いていたり、猫が通りを横切ったりするだけである。

やがて、村神は両国広小路《ひろこうじ》へ出た。両国橋の西の橋詰は江戸でも有数の盛り場で、日中は大勢の人出で賑《にぎ》わっているが、いまは人影もまばらで深い静寂につつまれている。

村神は両国橋を渡り、竪川《たてかわ》沿いの道へ出て間もなく、竪川にかかる一《ひと》ッ目橋《めばし》に足をむけた。橋を渡った先は深川《ふかがわ》である。

……深川へ行くつもりかい。

茂平は意外な気がした。村神の塒《ねぐら》は、本所竹町にあると聞いていたからである。村神がむかったのは、竹町とは反対方向である。

村神は御舟蔵《おふなぐら》の脇を通り、小名木川《おなぎがわ》にかかる万年橋《まんねんばし》を渡った。さらに、川沿いの道を下流にむかって歩いていく。そして、仙台堀《せんだいぼり》にかかる上《かみ》ノ橋《はし》を渡ってすぐ、通り沿いにあった縄暖簾を出した飲み屋に入った。そこは、深川佐賀町《さがちょう》である。

……まだ、飲む気かい。

飲み屋の軒先にぶらさがった赤提灯に、「かめや」とだけ無造作に書いてあった。だいぶ古い提灯で、色褪《いろあ》せて所々破けている。

茂平は足音を忍ばせて、店先の引き戸に身を寄せた。小体《こてい》な店なので引き戸に身を寄せれば、なかの話し声が聞こえるはずである。

まだ客がいるらしく、くぐもった男の話し声と、土間に置いてある空き樽《だる》を動かしたような音がした。夜の遅い店らしい。

……旦那、お酒にします。

女の声がした。酔っているのか、鼻にかかった甘ったるい声である。

……酒をもらうか。

男の低い声が聞こえた。村神であろう。

どうやら、村神はこの店を馴染《なじ》みにしているらしい。それにしても、ただの馴染みではないだろう。福寿屋で飲んだ後、塒のある竹町とは反対方向の佐賀町まで歩いてきたのである。

それからいっときすると、腰掛けていた空き樽から立ち上がるような音がし、女将と何やらやり取りをする濁声《だみごえ》が聞こえてから、ふたりの男が引き戸をあけて出てきた。職人らしいふたり連れで、足元がふらついていた。かなり酔っているようだ。

茂平は、店の脇の暗がりに身を寄せていた。戸口のすぐ近くだが、ふたりの男はまったく気付かなかった。もっとも、茂平の姿は闇に溶けているので、正気でも気付かないかもしれない。

店のなかが、急に静かになった。店に残った客は、村神だけらしい。女将とふたりきりのようだ。

「……村神の旦那ァ。もう、だいぶ飲んだでしょう。」

女が、鼻にかかった甘えた声で言った。

「……ああ、今夜はだいぶ飲んだ。」

「……旦那ァ、もう寝ましょうよ。」

女が片付け始めたのか、瀬戸物を重ねるような音が聞こえた。

ここが村神の塒だったのか、と茂平は思った。この店の女将が、どうやら村神の情婦《いろ》のようである。村神はここへ泊まるために来たのだ。

茂平は戸口からそっと離れた。これ以上、ふたりのやり取りを聞いていても仕方がないのである。

5

一方、千次は旦那ふうの男を尾けていた。その姿が、月光のなかにぼんやり見えている。長身のせいか、大股《おおまた》で足早に歩いていく。

千次は足音を忍ばせ、浜町堀沿いの店屋の軒下や板塀の陰などに身を隠しながら尾けていった。

男は浜町堀にかかる小川橋《おがわばし》のたもとを右手におれた。その通りは、日本橋へとつづいている。町筋は深い夜陰につつまれていた。通り沿いの表店《おもてだな》は大戸をしめ、洩《も》れてくる灯《ひ》もなく寝静まっている。

男は町筋を足早に歩き、入堀にかかる橋のたもとへ出た。親父橋《おやじばし》である。その橋のたもとを左におれ、入堀沿いの道をいっとき歩くと日本橋川に突き当たった。男は川沿いの道を左手にまがった。

……どこへ行く気だい。

千次は小走りになって男の跡を追った。川沿いの道をまがったとき、表店の陰になって男の姿が見えなくなったのだ。

千次が川沿いの道へ出て、男がまがった左手に目をやると、前方に長身の男の姿が見えた。

そこは日本橋小網町である。ふだんは人通りの多い通りだが、いまは人影はなく、日本橋川の流れの音だけが聞こえた。見ると、日本橋川の川面《かわも》が月光を映じて淡い銀色にひかり、無数の波の起伏を刻みながら流れ、下流の深い闇のなかに呑《の》み込まれている。

そのとき、ふいに男の姿が消えた。左手の路地に入ったのである。

千次は走った。ここまで尾けてきて、男の姿を見失いたくなかった。路地の角まで来ると、前方に男の姿が見えた。そこは裏路地ではなかった。道幅はかなりあり、道沿いには店屋が軒を連ねていた。表通りとちがって小店が多かったが、二階建ての店もあった。

男は路地に入ってすぐ、二階建ての店の戸口に近付いた。そして、表戸の脇のくぐり戸をたたくと、すぐに戸があいた。男は何やら声をかけてから、店のなかへ入った。

……やつの塒はここか。

千次は足音を忍ばせ、通り沿いの軒下闇をたどりながら男の入った店に近付いた。そして、隣の店の軒下で足をとめ、あらためて男の消えた店に目をやった。

何を商っている店なのか、看板は出ていなかった。間口はひろくなかったが思ったより大きな店で、奥行きはかなりありそうだった。店の脇には、裏手にまわるくぐり戸もある。千次は向かいの店に目をやった。男の入った店の目印になるような物はないか、探したのである。向かいの店は、下駄屋だった。軒先に下駄の看板が下がっている。千次は下駄の看板が目印になると思った。

……雲井さまに、話してからだな。

と千次は思った。今夜のところは、探りようがなかったし、迂闊《うかつ》に探って梟党に気付かれるようなどじを踏みたくなかったのである。

翌朝、千次は瀬川屋の離れに行き、ことの次第を竜之介に話した。

「千次、よくつきとめたな」

竜之介はそう褒め、ともかく、そいつが何者か探ってからだな、と言い添えた。

「今日にも、小網町へ行って聞き込みやすぜ」

千次が言った。

「待て、おれも行こう」

「雲井さまも」

千次が驚いたような顔をした。

「そいつが、梟党なら大事な手蔓《てづる》だからな。おれとしても、手をこまねいて見ているわけにはいかねえ」

竜之介は、千次ひとりでは心許《こころもと》無いと思ったのだが、そうは言わなかった。

「行きやしょう。あっしが、案内しやす」

千次が意気込んで言った。

竜之介は千次を連れて瀬川屋を出た。竜之介は羽織袴《はおりはかま》姿で二刀を帯び、軽格の御家《ごけ》人《にん》のような恰好《かっこう》をしていた。いっしょに行く千次が、下男に見られるようにしたのである。

平十がいなかったので、小網町まで歩くことにした。ふたりは柳橋を渡り、賑《にぎ》やかな両国広小路を抜けて日本橋へ足をむけた。

日本橋川沿いの道へ出ると、千次が、

「こっちでさァ」

と言って、先に立った。

日本橋川沿いの道は、人通りが多かった。印半纏《しるしばんてん》姿の船頭や盤台をかついだぼてふり、米俵を積んだ大八車を引く人足などが目についた。日本橋川と近くの入堀に、魚河岸と米河岸があるせいであろう。

ふたりは川沿いの道をいっとき歩いてから、

「雲井さま、この路地でさァ」

と千次が言って、左手の路地へ入った。

裏路地ではなかった。道幅もあり、人通りも多かった。

「この辺りに、下駄屋があったはずだが……」

千次が通りに目をやりながら言った。

「あった、あった」

千次が指差した。軒先に下駄の看板がかかっている。店先には、綺麗《きれい》な鼻緒の駒下駄、吾妻下駄、ぽっくりなどが並び、町娘がふたりたかっていた。若いが、店のあるじらしい男が、赤い鼻緒の下駄を手にして娘たちにすすめている。

「雲井さま、あの店で」

千次が、下駄屋の向かいの店を指差した。美濃屋《みのや》という看板が出ていた。店はひらいている。古着屋らしかった。店先や店内に古着がかかっている。ただ、大きな店のわりには、売り物の古着がすくないようだった。それに、ひっそりとして客の姿もなかった。繁盛している店ではなさそうだ。

「古着屋か」

竜之介が店の前を歩きながらつぶやいた。

ふたりは歩調をゆるめ、それとなく店を覗《のぞ》いてみた。古着をつるした店の奥が、狭い座敷になっていて、年配の男が隅の帳場机で算盤《そろばん》をはじいていた。

竜之介は店の前を通り過ぎてから、

「千次、おまえが尾《つ》けてきたのは、算盤をはじいていた男か」

と、訊《き》いた。

「ちがいやす」

千次が、あっしが尾けてきたのは、痩《や》せた背の高《たけ》え男でした、と言い添えた。算盤をはじいていた男は、小柄で痩せていた。背は高くないようだ。千次が尾けていた男ではなさそうだ。

「近所で聞き込んでみるか」

「へい」

ふたりは、古着屋の前から一町ほど離れ、路地沿いにあった舂米屋《つきごめや》に入った。唐臼《からうす》の脇の狭い帳場で、親爺《おやじ》らしい男が煙管《キセル》を手にして莨《たばこ》をくゆらせていた。

「あるじか」

竜之介が声をかけた。

「へ、へい……」

親爺が不安そうな顔をして、手にした煙管の雁首《がんくび》を莨盆でたたいた。入ってきたのが武士なので、莨を吸いながら話をするわけにはいかないと思ったようだ。

「手間をとらせてすまぬが、ちと、訊きたいことがあってな」

竜之介はおだやかな声で言った。

「なんでしょうか」

親爺は立ち上がって近付いてきた。

「この先に、古着屋があるな」

「へい」

親爺が怪訝《けげん》な顔をした。武士が、古着屋などに何の用があるのかと思ったのだろう。

「実は、さきほど古着屋に入った大柄な男を見かけてな。それがしの主人の屋敷に女中奉公に来ている娘の親とそっくりだったのだが、古着屋とは聞いていなかったのでな」

竜之介はもっともらしい作り話を口にした。

大柄な男と言ったのは、八左衛門のことが頭をよぎったからだ。敏造から、八左衛門は大柄ででっぷり太っていると聞いていたのである。

「大柄な方といいますと、旦那の八左衛門さんでしょうか」

親爺が首をひねりながら言った。

思わず、竜之介は、

……八左衛門はここにいたのか！

と、胸の内で声を上げた。思わぬ収穫だった。これで、八左衛門の居所が知れたのだ。

「いや、八左衛門という名ではなかったぞ。……ところで、痩せて背の高い男はあの店にいないかな、ええと、名は何ともうしたかな」

竜之介は咄嗟《とっさ》に名が浮かばないようなふりをし、今度は背が高いことを言い添えた。ついでに、千次が跡を尾けた男のことも聞き出そうとしたのだ。

「番頭さんの、島蔵《しまぞう》さんでしょうか」

親爺が言った。

「島蔵という男は、背の高い男か」

「はい」

「奉公に来ている娘の親は、島蔵という名ではなかったな。孫兵衛だったか。孫右衛門だったか。そんな名だったぞ。……やはり、人違いか」

竜之介が口にした孫兵衛は、自分の父親の名だった。咄嗟に頭に浮かんだ名を出したのである。

「…………」

親爺は、腑《ふ》に落ちないような顔をして竜之介を見た。竜之介が何を訊きたがっているのか、もうひとつはっきりしなかったのだろう。

「いや、手間をとらせた。それがしが人違いをしたようだ」

竜之介はそう言い置き、千次を連れて急いで店から出た。

春米屋の店先を離れると、

「雲井さま、八左衛門の塒《ねぐら》はあの古着屋ですぜ」

千次が、目をひからせて言った。

「尻尾《しっぽ》をつかんだな」

「へ、へい」

「それに、島蔵という男もひとつ穴の貉《むじな》かもしれねえな」

番頭の島蔵が福寿屋で村神と会っていた男らしい。となると、島蔵もただの奉公人ではないはずである。

「梟党のひとりですかい」

「そうかもしれねえ。ともかく、もうすこしあの古着屋を探ってみよう」

それから、ふたりは古着屋からすこし離れた路地沿いの店の何軒かに立ち寄り、言葉巧みに八左衛門と島蔵のことを聞き込んだ。古着屋の近くを避けたのは、八左衛門と島蔵に聞き込みのことが知れないようにするためである。

その日、竜之介と千次が足を棒にして聞き込んだ結果、八左衛門と島蔵にかかわることがだいぶ知れてきた。

古着屋は、十数年前まで喜兵衛《よしべえ》という男が主人だったという。喜兵衛は酒好きで、店がひらいているうちから近所の料理屋や飲み屋に入り浸って酒を飲んでいたそうだ。それでも、女房ができた女だったらしく、ひとりで店の切り盛りをし、何とか古着屋の商売をつづけていた。ところが、その女房が病に倒れて亡くなると、店は左前になり、喜兵衛はやむなく美濃屋を売りに出した。

その店を居抜きで買ったのが、八左衛門だった。八左衛門は古着屋の経験がなかったため、当初喜兵衛に奉公していた者をそのまま雇って商売をつづけた。もっとも、古着屋だったので、奉公人は三人だけだったという。

そして、数年経つと、喜兵衛のころから勤めていた奉公人三人はやめさせ、あらたに別の男をふたり雇ったそうだ。そのふたりが、番頭格の島蔵と主に店で客の相手をしている房次郎《ふさじろう》という男だという。ただ、店はあまり流行《はや》ってなく、八左衛門は店にいることもすくないということだった。

また、話に聞いた房次郎の体軀《たいく》から、竜之介たちが店を覗いたとき算盤をはじいていた男がそうらしいことも分かった。

聞き込みでこうした情報を得た竜之介は、敏造が口にしたとおり、八左衛門が深谷の宗兵衛の手下だったのは、まちがいないと思った。

おそらく、十数年前、八左衛門は宗兵衛一味のひとりとして次々に大店《おおだな》に押し込み、奪った金の山分けで美濃屋を買ったのであろう。古着屋をやるためではない。古着屋の主人という隠れ蓑《みの》を買ったのである。

その後、事件のほとぼりが冷めてくると、喜兵衛の奉公人だった者たちをやめさせ、自分の息のかかった島蔵と房次郎をそばに置いたのだ。そして、古着屋を隠れ蓑として、また新たな悪事を始めたのではないだろうか。敏造は八左衛門のことを親分と呼んでいた。そのことから考えても、八左衛門が古着屋の真っ当な商いで暮らしをたてているとは思えなかった。

ただ、宗兵衛の跡を継いだ押し込み強盗ではないだろう。八左衛門が盗人《ぬすっと》にむかない肥満体であることからみても、別な悪事にちがいない。敏造や村神を使った殺しかもしれない。つまり、大金で依頼を受けた相手を闇に葬るのである。

……その殺しの依頼者が、梟党ではあるまいか。

敏造や村神が手にかけたのは、すべて梟党にかかわる者たちなのだ。八左衛門と梟党一味がどうしてつながったのか。それは、八左衛門と梟党の頭格《かしらかく》の者が、同じ宗兵衛の手下だったからであろう。

……やっと見えてきたな。

竜之介が胸の内でつぶやいた。

夜更けだった。竜之介は瀬川屋の離れの縁先に腰を下ろし、闇を見つめていた。双《そう》眸《ぼう》が猛禽《もうきん》のようにひかっている。

第五章　闇の殺し人

1

瀬川屋の離れに六人の男が集まっていた。竜之介、風間、平十、茂平、寅六、千次である。座敷の隅に置かれた燭台《しょくだい》の火が、男たちの顔を照らし出していた。風のない静かな夜だったが、障子の隙間から入る微風が燭台の炎を揺らし、男たちの顔の陰影を動かしている。

六人の膝先《ひざさき》には、貧乏徳利《びんぼうどくり》の酒と湯飲みが置いてあった。瀬川屋から運んでもらった酒である。ただ、集まった男たちはあまり湯飲みに手を伸ばさなかった。男たちの顔はけわしく、双眸《そうぼう》には挑むようなひかりが宿っている。

竜之介が千次とともに小網町に出かけて六日経っていた。竜之介はこれまでの探索でつかんだことを出し合い、今後どうするか指図するために集めたのである。

「まず、茂平から話してくれ」

竜之介が茂平に目をむけて言った。

「へい、あっしは、村神の跡を福寿屋から尾《つ》けやした」

そう前置きし、茂平が、佐賀町のかめやという飲み屋が村神のもうひとつの塒《ねぐら》であることを話した。

「茂平、村神はいまもかめやにいるのかい」

平十が訊《き》いた。平十は竹町の庄蔵店を見張っていたので、村神の居所が気になったのだろう。ただ、平十は庄蔵店にへばりついていたわけではない。瀬川屋の船頭として働いている合間に、様子を見に出かけている程度である。

「それが、いねえんで」

「いないのか」

竜之介が訊いた。

「へい、一昨日《おととい》の夜、ふらりと出たきり、昨夜はかめやにもどらなかったんでさァ。ですが、いまごろかめやにいるかもしれやせん。もともと、村神は三日に一度くれえしか、かめやに泊まらねえようなんで」

茂平によると、ここ数日、村神の跡を尾けたという。その間、深川の女郎屋に出かけたり、福寿屋で夜を明かすことがあったという。むろん、庄蔵店にもどることもあるようだ。

「村神は、元々腰の定まらねえ流れ者のようだし、町方や火盗改の探索を逃れるためもあって、居所を変えてるのかもしれやせん」

茂平が言い添えた。

「いずれにしろ、村神は早く始末した方がいいな」

竜之介は、村神を生かしておくと密偵たちや風間の命を狙ってくるのではないかと思った。むろん、竜之介の命も狙っているだろう。

「かめやに姿を見せたら知らせやす」

茂平が言った。

「そうしてくれ」

竜之介は、村神は自分の手で斬るつもりでいた。火盗改の捕方《とりかた》が村神を捕縛しようとすれば、大勢の犠牲者が出るだろう。それに、竜之介には、ひとりの剣客として村神の真っ向から幹竹割《からたけわ》りに斬る、面割りと称する剣と勝負したい気持ちもあったのだ。

「千次、おめえから八左衛門と島蔵のことを話してくれ」

竜之介は、千次に話させようと思った。千次が八左衛門の塒をつかんだことにしてやりたかったのである。

「あっしも、福寿屋から尾けたんでさァ。そいつが、島蔵だったんで」

千次が顔を紅潮させて言った。

千次は、あらためて竜之介と小網町へ出向いたことや、古着屋のあるじが八左衛門で、島蔵が番頭格らしいことなどを話した。

「八左衛門だがな。敏造が口にしたとおり、深谷の宗兵衛の手下だったらしいのだ」

竜之介が言い添えた。

「やはり、宗兵衛の子分でしたか」

風間が言った。

「おれは、梟党《ふくろうとう》にも宗兵衛の子分だった男がいるのではないかとみているのだ。それで、八左衛門とむすびついたのではないかな」

「雲井さま、やっと彦八や吾助殺しにかかわった者たちが見えてきましたね」

風間が目をひからせて言った。

「梟党もな」

梟党の六人の名も、隠れ家も分からなかったが、八左衛門とのつながりがはっきりしてきた。

それにしても、宗兵衛の姿はまったく見えてこなかった。すでに、宗兵衛は死んでいるのかもしれない。十数年前に江戸を離れたまま、遠国《おんごく》で人知れず静かな余生を送っているとも考えられる。

「ところで、風間、何か知れたか」

竜之介が声をあらためて訊いた。風間が手先を使って、福寿屋や吾助が殺された浜町堀界隈《かいわい》を探っていたことを知っていたのだ。

風間の左腕はまだ完治していないようだが、探索に歩きまわるのには何の支障もないようだった。

「たいしたことはつかめませんでしたが、福寿屋のあるじの徳兵衛《とくべえ》も、八左衛門の息がかかっているらしいことが知れました」

風間は、手先たちに指示して福寿屋のあるじや奉公人たちを洗ったという。その結果、八左衛門と徳兵衛のかかわりも分かった。

福寿屋がふたり組の無頼牢人《ろうにん》に些細《ささい》なことで脅されて大金を要求されたとき、たまたま客として店に来ていた八左衛門が、無頼牢人に話をつけてくれたそうだ。その後、徳兵衛は八左衛門を頼りにするようになり、何か揉《も》め事があると八左衛門に相談していた。そうしたかかわりがあって、徳兵衛は八左衛門を特別扱いし、仲間たちとの密談などにも使わせていたらしいという。

「やはり、福寿屋で密談していたのだな」

竜之介は、梟党も、押し入る前の密談のおり、福寿屋を使っていたのではないかと思った。これまでの探索した情報を出し合った後、

「だが、肝心なことがつかめていないのだ」

竜之介が、一同に視線をめぐらして言った。

風間をはじめとする五人の視線が、竜之介に集まった。

「まだ、梟党の隠れ家も六人の名も分かっていない」

竜之介がけわしい顔で言った。

八左衛門、村神、それに捕らえた敏造も梟党ではないようだった。分かっている梟党は、伊蔵という男だけである。その伊蔵のことも、弥之助の話だけで、まだ尻尾《しっぽ》もつかんでいないのだ。

また、弥之助によると、甚五郎の賭場《とば》で伊蔵と会ったということだったので、与力の北沢新三郎に賭場を洗うように頼んでおいたが、賭場がひらかれていた場所が分かっただけで梟党にかかわることは何もつかめていなかった。なお、北沢の話では、貸元の甚五郎の所在は知れず、いま行方を追っているところだという。

「雲井さま、八左衛門を捕らえて、口を割らせたらどうでしょうか」

風間が言った。

「おれも、それを考えたのだが、梟党を捕らえるのはむずかしいな。……八左衛門を捕らえたらどうなるか。梟党の者たちは八左衛門の口から居所が知れるのを恐れて、すぐに隠れ家から離れるだろうな。……それだけではない。十数年前の宗兵衛一味と同じように、梟党六人はひとり残らず姿を消すかもしれんぞ」

竜之介は、迂闊《うかつ》に八左衛門を捕らえることはできないと思った。

「手が出せねえんですかい」

千次が顔をしかめて言った。

「いまのところ、八左衛門たちを泳がせて、一味の隠れ家をつきとめるしか手はないな。まだ、八左衛門も、島蔵もおれたちが美濃屋をつかんでいることを知らないはずだ」

竜之介は、八左衛門か島蔵がかならず梟党の者と接触するとみていた。

「美濃屋を見張るんですかい」

これまで黙って話を聞いていた寅六が口をはさんだ。

「そうだ。美濃屋だけでなく、福寿屋もな」

八左衛門たちは、まだ福寿屋を密談場所として使うはずである。

「明日から、手分けして張り込んでくれ」

竜之介が言った。

「承知しました」

風間が答えると、平十たちがいっしょにうなずいた。

2

寅六と茂平は、下駄屋の脇の暗がりに張り付くようにして身を隠していた。すぐ前に、古着屋の美濃屋がある。

ふたりは、闇に溶ける黒や茶の身装《みなり》に身をつつみ、美濃屋に目をむけていた。店に出入りする者を見張っていたのである。

そろそろ暮れ六ツ（午後六時）になるだろうか。陽は家並の向こうに沈みかけていた。路地には、仕事帰りの職人や大工、風呂敷《ふろしき》包みを背負った行商人、町娘などが行き交っていた。通行人たちは、迫りくる夕闇にせかされるように足早に通り過ぎていく。

「今日は、変わった動きはねえようだ」

寅六が小声で言った。

ふたりがこの場に身をひそめて、美濃屋を見張るようになって三日目だった。もっとも、一日中見張っているわけではない。平十や千次と交替で、昼前一刻《いっとき》（二時間）ほどと午後一刻半（三時間）ほどである。茂平は、暗くなってからかめやにもむかい、村神が店に来ているかどうか確かめたが、村神の姿はなかった。

また、福寿屋の見張りは風間の手先が手分けして当たることになっていた。

「ちかいうちに動くはずだ」

茂平がそう言ったとき、ふたり連れの武士が、美濃屋の店先に近付いてきた。牢人らしい。ひとりは総髪で、大刀を一本だけ落とし差しにしていた。もうひとりは髭《ひげ》と月代《さかやき》が伸び、身辺に荒廃した雰囲気がただよっていた。一見して、牢人と分かる風体である。

「村神か」

寅六が訊《き》いた。

「ちがう。やつら、どうみても、ごろんぼう（無頼漢）だ」

ふたりの牢人は、美濃屋の店先で足をとめ、通りの左右に目をやってから店のなかに入った。

「古着を買いに来たのか」

「ふたり連れで、古着を買いに来たとは思えねえ」

「そうだな」

寅六がちいさくうなずいた。

「しばらく、様子をみよう」

茂平と寅六は、その場から動かなかった。

いっとき経つと、暮れ六ツの鐘が鳴り、遠近《おちこち》から表戸をしめる音が聞こえてきた。路地沿いの店が、店仕舞いを始めたのである。

美濃屋でも、房次郎が戸口近くの古着を奥に片付けてから表戸をしめ始めた。

「おい、牢人は店から出てこねえぜ」

寅六が言った。

「睨《にら》んだとおり、ただの客じゃァねえな」

「どうする？」

「なかの様子を覗《のぞ》いてみるか」

茂平が目をひからせて言った。

「茂平、店のなかに押し入るつもりか」

寅六が困惑したような顔をした。

「なに、様子をみるだけだ。寅六、おめえ、しばらくここにいて、戸口を見張っていてくんな」

「わ、分かった」

「すぐ、もどってくるぜ」

茂平は房次郎が表戸をしめきるのを待ってから、足音を忍ばせて美濃屋の店先に近付いた。辺りは淡い暮色につつまれている。

茂平は、路地に人影がないのを確かめると、表戸に身を寄せて聞き耳をたてた。かすかに廊下を歩く音や障子をあけしめする音などがしたが、人声は聞こえなかった。

茂平は戸口の脇にあるくぐり戸に近付いた。心張り棒なら外からはずしてあけ、店のなかに侵入しようと思ったのだ。

茂平は手で戸を押して、心張り棒がかってあるかどうか確かめてみた。盗人《ぬすっと》として多くの家屋敷に侵入していた茂平は、戸の動きかげんで、どんな鍵《かぎ》がかかっているのか読むことができる。

……だめだ、この戸はあけられねえ。

手で戸を押しても、ほとんど動かなかった。閂《かんぬき》のような板が嵌《は》め込んであるようだ。戸を壊さなければ、入ることはできない。八左衛門は己が押し込み強盗だったので、どうすれば侵入を防げるか知っているのであろう。

茂平は戸口から離れ、脇の板塀のところへ移動した。隣の店との間に高い板塀があり、くぐり戸がついていた。その戸をくぐって裏手へ行くことができる。

だが、板塀のくぐり戸も頑丈に鍵締まりしてあった。茂平でも、あけるのは無理である。茂平は戸口にまわり、あらためて屋根や板壁などに目をやった。足場を見つけて、天井裏にでももぐり込もうと思ったのだ。

……この家には、入《へえ》れねえ。

屋根に上がる足場もなければ、天井裏へもぐり込めるような場所もなかった。

それなら、戸口に身を寄せてなかの話し声を盗み聞きするしか手はないが、それもむずかしかった。古着を吊《つる》した土間の先の座敷まで距離があり、座敷にいる者の声を聞き取ることはむずかしいのだ。それに、長い間戸口に張り付いていれば、路地を通る者の目にとまるだろう。

茂平があきらめて、寅六のそばにもどろうとしたときだった。店のなかで、かすかに話し声が聞こえ、戸口へ出てくるような足音が聞こえた。

茂平はすぐにくぐり戸から離れ、戸口の隅の暗がりのなかに身を隠した。そして、気配を消し、くぐり戸に目をやった。

くぐり戸があき、人影が出てきた。三人だった。店に入ったふたりの牢人《ろうにん》と、島蔵である。

「旦那方《だんな》、ちょいと、遠いですぜ」

島蔵がくぐり戸をしめながら言った。

「いいさ、ぶらぶら歩くには、いい夜だ」

総髪の牢人が、空を見上げて言った。夜の色を帯びてきた淡い藍色《あいいろ》の空に、かすかに星のまたたきが見えた。風のない静かな晩である。

「行きやしょうか」

島蔵が、先にたって路地へ出た。ふたりの牢人が懐手《ふところで》をして、島蔵の後についた。

どうやら、島蔵がふたりの牢人をどこかに案内するようだ。

茂平は三人の姿が遠ざかってから、寅六のそばにもどった。

「尾《つ》けよう」

すぐに、茂平が言った。

寅六がうなずき、暗がりから路地に飛び出してきた。

三人の姿は三町ほど先にあった。路地も夕闇につつまれ、どの店も表戸をしめてひっそりとしていた。飲み屋や小料理屋などの灯が、寂しそうに路地に落ちている。

茂平と寅六は、通り沿いの店屋の軒下闇や天水桶《てんすいおけ》の陰などに身を隠しながら三人の跡を尾けた。ふたりの尾行は巧みだった。黒装束の上に闇溜《やみだ》まりをたどりながら尾けたので、前の三人が振り返っても見ることはできなかっただろう。

3

島蔵とふたりの牢人は、日本橋川沿いの通りに出た。川沿いの道を下流にむかって歩いていく。ふだんは人通りの多い通りだが、いまはひっそりとしてときおり居残りで仕事をした職人ふうの男や仕事帰りに一杯ひっかけたらしい男などが通りかかるだけである。足元から、汀《みぎわ》に寄せる川波の音が絶え間なく聞こえてくる。

島蔵たち三人は、行徳河岸《ぎょうとくがし》から箱崎橋《はこざきばし》を渡り、北新堀町《きたしんぼりちょう》へ出た。町筋をいっとき歩くと、通りの先に大川にかかる永代橋《えいたいばし》が見えてきた。夕闇のなかに、黒い橋梁《きょうりょう》が辺りを圧するように長く伸びている。

大川の流れの音が聞こえてきた。辺りが静寂につつまれているせいもあって、低い地鳴りのようにひびいている。

……深川へ行くつもりか。

茂平は、町家の軒下闇をたどりながらつぶやいた。永代橋を渡った先は、深川佐賀町である。

島蔵たち三人は永代橋を渡り終えて佐賀町へ出ると、川沿いの道を川下にむかって歩きだした。

「どこまで行くつもりだい」

茂平の後に跟《つ》いてきた寅六が声をひそめて言った。

「分からねえ。ともかく、行き先をつきとめるんだ」

島蔵たちの行き先は、八左衛門の仲間か梟党一味の隠れ家ではないか、と茂平はみた。島蔵たちは、佐賀町から相川町《あいかわちょう》に入り、さらに熊井町《くまいちょう》に足をむけた。その辺りまで来ると、通り沿いの店屋もまばらになり、空き地や笹藪《ささやぶ》などが目立つようになってきた。右手には大川の河口とそれにつづく江戸湊《みなと》と海原がひろがっている。空は藍色に染まり、星がまたたいていた。広漠とした海原は重く黒ずみ、彼方《かなた》の深い闇と一体となっている。日中は帆を張った大型の廻船《かいせん》も航行しているのだが、いまは船影もなく、無数の白い波頭が縞模様《しま》を刻んでいるだけである。

熊井町に入ってしばらく歩くと、島蔵たち三人が右手におれた。そこは民家のない場所で、荒れた空き地がひろがり、その先の海岸沿いには松林があった。松林の向こうに江戸湊の黒い海原がひろがっている。

「どこへ行く気だ」

茂平は小走りになった。島蔵たちが空き地を抜け、松林のなかに入って姿が見えなくなったのだ。

「茂平、道があるぜ」

寅六が空き地を指差した。

笹や丈の高い雑草の繁茂した空き地のなかに小径《こみち》があった。小径は松林のなかにつづいている。島蔵たちはその小径をたどったらしい。

茂平と寅六は小径に踏み込むと、小走りになった。松林の先から砂浜に寄せる波音が聞こえてきた。風のなかに潮の匂いがする。海が近いようだ。

「見ろよ、明かりだ」

寅六が足早に歩きながら言った。

松林のなかに、ぽつんと灯がともっていた。そこに家があるらしい。

「島蔵たちは、あの家へむかったにちげえねえ」

茂平は足を速めた。足音を気にすることはなかった。潮騒《しおさい》の音が、足音を消してくれるのだ。

松林のなかに入ると闇が深くなり、茂平と寅六の黒装束を闇がつつんで、まったく姿が見えなくなった。身を隠す必要はない。

林のなかに、柴垣《しばがき》をめぐらせた屋敷があった。灯はそこから洩《も》れていた。金持ちの隠居所か富商の寮といった感じの家屋である。屋敷の前方はひらけ、砂浜と黒ずんだ江戸湊の海原がひろがっていた。風光明媚《めいび》な地を選んで建てたらしい。

茂平たちは足音を忍ばせて、柴垣に近付いた。思ったより、大きな家で台所の他に五、六間はありそうだった。ただ、古い建物らしく、裏手の納屋や奉公人が住んでいたらしい小体《こてい》な家屋などは、だいぶ傷んでいた。夜陰のなかに、庇《ひさし》が垂れ下がり板壁が剝《は》がれているのが見てとれた。

「近付いてみるか」

茂平が振り返って、寅六に目をむけると、

「よし」

と寅六が答えて、ゴクリと唾《つば》を飲み込んだ。

茂平は家に近付いても、島蔵たちに気付かれることはないと踏んだのだ。ふたりの姿は闇が隠してくれたし、足音や物音も潮騒の音が消してくれるからである。

ふたりは、家の裏手につづく枝折り戸《しおど》から敷地内に入った。足音を忍ばせて、背戸《せど》に近付いていく。

背戸の前まで来ると、茂平が、向こうだ、と声を殺して言い、右手を指差した。濡《ぬれ》縁《えん》があり、その先の障子から灯が洩れている。

茂平と寅六は、濡縁の近くの戸袋の脇に身を寄せた。そこは灯の洩れている部屋に近く、人声も聞き取れそうだった。

男の濁声《だみごえ》と瀬戸物の触れ合うような音が聞こえた。何人かの男がいるらしい。もう一杯、どうだ、グッとあけろ、などという声が聞こえた。男たちが酒盛りをしているようだ。

……島蔵、わしらに手を貸してくれるのは、お連れしたおふたりだな。

さび声が聞こえた。年配の男の声である。男の丁寧な物言いからみて、島蔵が連れてきたふたりの牢人も、その場にいるらしい。

……石谷《いしや》さまと、堀《ほり》さまでさァ。

別の男が答えた。声の主は、島蔵であろう。石谷と堀が、島蔵と同行したふたりの牢人らしい。

……お頭、腕がたちますぜ。

島蔵が言った。さび声の主が、お頭らしい。

茂平は、お頭と呼ばれた男が梟党の頭目ではないかと思った。八左衛門はここにいなかったので、島蔵にお頭と呼ばれるような男は梟党の頭目ぐらいである。

……まァ、大船に乗ったつもりでいてくれ。おれと堀とで、どんな相手でも始末してみせる。

と、胴間声が聞こえた。話のやり取りからみて、石谷であろう。

……相手は火盗改のようですぜ。

別の声が聞こえた。

……火盗改でも八丁堀でも、斬ってしまえば口がきけん。おれたちのことは、分からんだろうよ。

と、石谷。

いっとき、話し声は聞こえず、瀬戸物の触れ合う音や喉《のど》の鳴る音などが聞こえた。男たちが酒を飲んでいるようだ。

……敏造も、捕らえられたようだし、うかうかしちゃァいられねえぞ。

と、お頭と呼ばれた男が言った。

……それに、手先が福寿屋の辺りで、嗅《か》ぎまわってるようですぜ。

別の高いひびきのある声がした。声のひびきからみて、若い男かもしれない。物言いは、町人のものだった。

……嗅ぎまわっている狗《いぬ》も、二、三人頼みますかね。手が足りないようだったら、また村神の旦那に頼んでもいい。

と、お頭と呼ばれた男。

やっぱり、梟党の頭目が村神に頼んで彦八や吾助を始末したらしい、と茂平は思った。

……いや、おれたちがやる。ただし、与力か同心のどちらか、ひとりだ。斬り料は二百両。八丁堀も火盗改も、仲間が殺《や》られりゃァ、目の色を変えてむかってくるからな。おれたちも、しばらく江戸を離れなければならなくなるかもしれん。……ただ、狗どもは五十両でいい。

石谷が言った。

……いいでしょう。

お頭と呼ばれた男が、低い声で言った。

……お頭、あっしらもそろそろ江戸から離れやすか。

高いひびきのある声の男が言った。

……米津屋《よねづや》で、仕事をしてからだな。それも、ここ四、五日のうちだ。すでに、手は打ってあるからな。米津屋は千五百はかたいぞ。うまくすれば、二千はあるかもしれねえ。高飛びするのは、その金を持ってだ。

お頭が、笑いを含んだ声で言った。

「……二千か。でけえ仕事だ」

そう言ったのは、島蔵だった。米津屋は、行徳河岸にある廻船問屋の大店《おおだな》だった。大名家の蔵元をしているという噂もある。

男たちのやり取りを聞いていた茂平は、お頭と呼ばれた男が梟党の頭目だと確信した。島蔵とふたりの牢人をのぞいた男たちは、梟党の一味にちがいない。この屋敷が、梟党の隠れ家とみていいようだ。

それから、小半刻《こはんとき》（三十分）ほどして、茂平と寅六はその場を離れた。男たちの話が、深川の女郎の話や金を手にした後の高飛びの話などに移ったからである。

柴垣の外に出たふたりは、小走りに松林のなかの小径を抜けた。ともかく、竜之介に知らせようと思ったのである。

4

竜之介は、戸口に近付いてくる足音で身を起こした。障子に目をやると、ほんのりと白んでいた。そろそろ払暁《ふつぎょう》であろうか。

……何者！

竜之介はすばやく立ち上がると、枕元に置いてあった刀を手にした。瀬川屋の者ではない。

そのとき、戸口で、雲井さま、茂平です、という声が聞こえた。

竜之介は、すぐに戸口へ行き、

「縁先にまわってくれ」

と言い置き、座敷にもどって小袖《こそで》に着替えた。寝間着のまま縁側に出てもかまわないが、どうせすぐに着替えるのである。

障子をあけて縁側に出ると、茂平と寅六が、沓《くつ》脱ぎ石の脇に腰をかがめて待っていた。辺りは淡い夜陰に染まっていたが、東の空は曙色《あけぼのいろ》がひろがっていた。上空も青さを増し、星がかがやきを失っている。

ふたりは、深川熊井町を出た足で、瀬川屋に来たのではなかった。このまま行けば、瀬川屋へ着くのは子《ね》ノ刻（午前零時）過ぎになるとみて、途中赤提灯《あかちょうちん》を出している飲み屋を見つけて時をつぶし、明け方に着くようにしたのである。腹が空いていたこともあったが、さすがに、寝込んでいる竜之介をたたき起こすわけにはいかなかったのである。

「どうしたのだ」

緊急の知らせがあって来たにちがいない、と竜之介は思った。

「梟党の塒《ねぐら》が知れやした」

茂平が低い声で言った。

「知れたか」

竜之介の声が大きくなった。

「へい、熊井町にひそんでいやした」

茂平と寅六は、美濃屋から島蔵とふたりの牢人《ろうにん》を尾《つ》けたことから、熊井町の隠居所ふうの屋敷で男たちの話を耳にしたことまでを交互に話した。

「でかしたぞ」

竜之介が声を上げた。

「雲井さま、ほかにも耳にしやした」

茂平が言った。

「何を聞いた」

「ふたりの牢人が、雲井さまや風間さまの命を狙っているようです。それに、福寿屋の近くで探っている風間さまの手の者たちも」

「うむ……」

予想はしていたので驚かなかったが、風間やその手先たちまで狙っているとなると、すぐに手を打たねばならない。

「それだけじゃァねえんで」

今度は、寅六が言った。

「まだ、あるのか」

「へい、梟党はここ四、五日のうちに押し入るつもりですぜ。狙っているのは、行徳河岸にある米津屋でさァ」

「廻船問屋《かいせん》だな」

「へい、それに、やつらは米津屋に押し入った後、高飛びするつもりですぜ」

寅六が目をつり上げて言った。

「熊井町の隠れ家を探っている間はないが……」

茂平と寅六の話では、風間や手先がいつ襲われるか分からなかったし、梟党が米津屋に押し入るのも四、五日のうちだという。熊井町の隠れ家を探っている間に、先に梟党が動くかもしれない。高飛びされたら、捕縛は困難になるだろう。

ただ、竜之介には隠れ家を見ておきたい気持ちもあった。

「よし、すぐに仕掛けよう」

竜之介は立ち上がり、ふたりは朝めしを食ったのか、と訊《き》いた。ふたりは夜通し歩いてきたのではないか、と思ったのだ。

「ヘッヘヘ……。途中、ふたりで、一杯《いっぺえ》やりやした。いえね、寝ている雲井さまを起こすことはできねえ、と思いやしてね。夜が明けるころに、瀬川屋へ着くつもりで……」

寅六が首をすくめながら照れたような顔をして言った。

「それにしても、朝めしは食えるだろう。女将《おかみ》に話して、ふたりの支度もさせるから、いっしょに食え」

「ごっそうになりやす」

「よし、瀬川屋へまわってくれ」

そう言い残し、竜之介は急いで戸口にむかった。

5

竜之介は、瀬川屋の桟橋から平十の舟に乗った。茂平と寅六も舟に乗り込んだ。竜之介は横田の屋敷に行くつもりだった。横田に状況を知らせ、すぐにも手を打たねばならなかった。おそらく、今日中に捕方《とりかた》を集め、明日にも熊井町の隠れ家を奇襲することになるだろう。

一方、茂平と寅六は、先に永代橋近くの深川で下ろし、熊井町の隠れ家を見張ることになっていた。ふたりの牢人と梟党の動きを見張るためである。

風のないおだやかな晴天だった。平十の漕《こ》ぐ舟は、大川の川面《かわも》をすべるように下っ

りるのである。

永代橋をくぐったところで、平十は水押《みお》しを左手の深川へむけ、数艘《そう》の猪牙舟《ちょきぶね》が舫《もや》ってある桟橋に船縁《ふなべり》を寄せた。そこは、熊井町である。茂平と寅六は、この桟橋で下りるのである。

「茂平、寅六」

竜之介が舟から下りたふたりに声をかけた。

「いいか、やつらに気付かれるなよ。それに、無理して尾けたりするな。遠くから、屋敷に出入りする者だけを見ていればいいぞ」

下手に尾行すると、返り討ちに遭うかもしれない。相手は金ずくで人を斬るような牢人と梟党である。それに、梟党の隠れ家が分かっているのだから、尾けまわして行き先を確かめることもないのである。

「承知しやした」

茂平が答えると、寅六もうなずいた。

ふたりが桟橋を離れてから、平十は舟を出した。すぐに、水押しを対岸の日本橋方面にむけ、大川を横切り始めた。

横田屋敷に着いた竜之介は、与力詰所にも寄らずに用人の松坂と会い、横田につないでもらった。

いつもの御指図部屋で対座した竜之介は、

「御頭、梟党の隠れ家が知れました」

と、切り出した。

「なに、隠れ家をつかんだのか！」

横田が声を大きくした。

「はい、まだ、頭目の名も知れませぬが、すぐにも手を打たねばならぬと思い、まかりこしました」

そう前置きして、竜之介は梟党がここ四、五日のうちに廻船問屋の大店《おおだな》を狙っていることを話し、

「しかも、押し入った後、奪った金を持って高飛びしようとしているようでございます。一味の者たちが江戸を逃走してからでは、捕らえるのがむずかしくなりましょう」

と、言い添えた。

「もっともだ。それで、隠れ家はどこにあるのだ」

横田が身を乗り出すようにして訊いた。

「深川、熊井町でございます」

「して、梟党六人は残らずいるのか」

横田が訊いた。

「はっきりしませんが、頭目以下数人はいるようです」

茂平たちによると、頭目の他に何人かいるようだと言っていた。欠けても、ひとりかふたりだろう、と竜之介はみていた。それに、頭目はじめ一味の者を捕らえれば、いなかった者の居所を吐かせることもできる。

「それに、梟党とは別に腕のたつ牢人が、ふたりいるかもしれません」

牢人が熊井町の隠れ家に残っているかどうか、分からなかった。ただ、茂平と寅六が、隠れ家を見張っているので、捕方をむけるまでにはつかめるだろう。

「大捕物になるな」

横田のいかつい顔が赭黒《あかぐろ》く紅潮していた。大きな目が、底びかりしている。いよいよ、江戸市中を騒がせている梟党を捕らえにむかうのだ。しかも、腕のたつ牢人が、別にふたりいるという。大捕物である。

「ほかにも、御頭の耳にお入れしておかねばならぬことがございます」

竜之介が声をあらためて言った。

「なんだ」

横田が竜之介に目をむけた。

「黒田屋のおしげを刺し殺し、松沢屋の吾助や手先の彦八を斬り、風間を襲った者たちは別におります。それがしが探ったところ、その者たちは殺しを金ずくで引き受けていたようでございます」

「そやつら、梟党とかかわりがあるのか」

横田が訊いた。

「ございます。そやつらは、梟党の依頼で動いているとみております。……そやつらの頭は古着屋のあるじで、名を八左衛門ともうします」

「古着屋のあるじがな」

「その八左衛門は、深谷の宗兵衛の手下だったようです」

竜之介が重いひびきのある声で言った。

「なに！　宗兵衛の手下だと」

横田が大きく目を瞠《みひら》いた。鶉《うずら》の卵のような目玉である。

「古着屋のあるじに収まり、身を隠していたようです。それに、梟党の頭目も、宗兵衛の手下だったのではないかとみております」

確証はなかった。だが、梟党の頭目と八左衛門が結びついたことやふたりの間でやり取りがあったらしいことまで考えると、それだけの深い繋《つな》がりがあったからだと思われるのだ。つまり、ふたりは盗賊一味として、それぞれの役割を果たし、奪った金を山分けしているのではあるまいか——。竜之介の推測だが、まちがいないような気がした。

「うむ……。そうであれば、八左衛門も捕らえねばならんな」

横田が語気をするどくして言った。

「いかさま」

「それで、古着屋はどこにあるのだ」

「小網町です」

「捕方《とりかた》を二手に分けるか」

これまで、宗兵衛の手下だった盗賊一味を捕縛するさい、捕方を分けて同時に奇襲し、ひとりも取り逃がすことなく一網打尽にしたことがあった。横田はそのときのことを思い出したのかもしれない。

「それなら、八左衛門も逃がすことはないと存じます」

竜之介も、捕方を二手に分けて熊井町と小網町を同時に襲った方がいいと思った。日を置くと、八左衛門は梟党が捕らえられたことを知り、姿を消すかもしれないのだ。

「捕方を大勢集めねばならんが、踏み込むのはいつがよいな」

横田が訊いた。

「明日の夕刻は、いかがでしょうか」

今日中に召捕《めしとり》・廻《まわ》り方の与力たちに伝え、明日の午後に熊井町と小網町に捕方をむけるのである。

「よし、すぐに手配いたそう」

そう言って、横田が立ち上がった。

6

竜之介はいったん瀬川屋にもどると、着古した小袖《こそで》と袴《はかま》に着替え、牢人《ろうにん》らしい身装《みなり》を変えてから、ふたたび平十の舟に乗った。明日の午後まで、まだ時間があった。竜之介は自分の目で梟党の隠れ家を見ておこうと思ったのだ。隠れ家のある場所は茂平たちから聞いていたので、行けば分かるはずである。

竜之介の胸には、一抹の危惧《きぐ》があった。それは、村神だった。村神がどこにいるか、まだつかめていなかったのだ。村神の居所によって、竜之介のむかう場所は変わってくるだろう。

竜之介は、自分の手で村神を討ちたいと思っていた。それで、捕方を差しむける前に村神がいるかどうか、隠れ家で確認しておきたかったのだ。村神の所在が分からなければ、ふたりの牢人のいる熊井町にむかうことになるだろう。

平十は熊井町の桟橋に船縁を寄せ、

た。

「雲井さま、下りてくだせえ」

と、声をかけた。

平十は、竜之介が桟橋に下りるのを見てから舟を舫《もや》い杭《くい》につなぎ、舟から飛び下りた。

舟を下りたふたりは大川沿いの通りへ出て、川下にむかって歩いた。桟橋の近くは賑《にぎ》やかな町並で、通り沿いに荒れ地や松林はなかった。

川沿いの道を川下にむかって歩くと、しだいに町家はまばらになり、空き地や笹藪《ささやぶ》などが目立つようになってきた。右手の先には、大川の河口と江戸湊《みなと》の海原がひろがっていた。青い海原に、白い帆を張った大型の廻船《かいせん》が、ゆっくりと品川沖《しながわおき》へ航行していく。

「雲井さま、あの辺りでしょうか。松林が見えやすぜ」

平十が前方を指差した。

通り沿いに荒れた空き地がひろがり、その先に松林があった。青松の帯のような林の奥に、砂浜と海原がひろがっていた。風光明媚《めいび》な地である。

「あの辺りらしいな」

しばらく歩くと、右手に松林のなかにつづく小径《こみち》があった。

「ここだ」

竜之介は小径の脇の樹陰に身を寄せて、松林のなかに目をやった。隠れ家にひそんでいる梟党の者の目にとまるのは、まずいと思ったのだ。竜之介たちを襲うかもしれないし、隠れ家から姿を消すかもしれない。

竜之介は小径の先に人影がないのを確かめてから、松林のなかへむかって歩いた。平十がけわしい顔をして跟《つ》いてくる。

松林のなかに入って、すぐだった。ふいに、林のなかの半町ほど先の灌木《かんぼく》の陰から人影があらわれた。茂平のようである。

竜之介と平十は足をとめた。茂平が樹陰をたどるようにして、竜之介たちの方へ近付いてくる。

茂平は竜之介たちのそばに来ると、

「雲井さま、どうしやした」

と、小声で訊《き》いた。茂平は、竜之介が姿を見せるとは思わなかったようだ。

「いや、隠れ家を見ておこうと思ってな。隠れ家は、この近くか」

「へい、この道は隠れ家とつながっていやす」

そう言って、茂平が小径の先を指差した。

竜之介は茂平の指の先に目をやった。松林の葉《は》叢《むら》の間に、屋敷の屋根がかすかに見えた。

「あっしらは、あの木の陰で見張ってたんでさァ」

茂平によると、小径をたどって出入りする者の姿がよく見えるし、隠れ家の出入り口になっている木戸門も見えるという。

「木の陰に、寅六もいるのか」

「へい」

「おれたちも、そこへ行こう」

竜之介は、茂平について灌木の陰にまわった。

寅六は灌木の陰に身をかがめて、隠れ家の方へ目をむけていた。柴垣《しばがき》で囲まれた屋敷だが、富商の隠居所か寮のような建物である。

「どうだ、一味の動きは」

竜之介が訊いた。

「雲井さま、家のなかにいる人数が知れやしたぜ」

寅六が、目をひからせて言った。

「何人だ？」

「七人でさァ」

寅六によると、この場について間もなく、隠れ家から男たちが出てきたという。町人体の男が五人、しばらく間をおいて牢人がふたり、小径をたどって川沿いの通りへむかったそうだ。

「めしを食いに行ったようです」

寅六が、黙って見送るのは癪《しゃく》なので跡を尾《つ》けやした、と照れたような顔をして言い添えた。町人五人は人目を引かないように気を遣ったのか、通りに出ると、ばらばらになり、二町ほど離れたところにある一膳《いちぜん》めし屋に入った。つづいて、牢人も同じ店に入ったという。

「村神だが、七人のなかにはいなかったのだな」

竜之介が念を押すように訊いた。

「いやせん」

茂平がはっきりと答えた。

「村神は、この隠れ家に姿を見せたことはないのか」

「へい、この近くで、やつの姿を見たことはありやせん」

「そうか」

どうやら、村神は梟党の隠れ家に出入りしていないようだ。

「それで、七人は隠れ家にもどったのか」

竜之介が声をあらためて訊いた。

「へい」

「五人のなかに、島蔵もいたのか」

町人体の男が五人だという。そのなかに、島蔵がいれば、隠れ家に身をひそめている梟党は四人ということになる。

「島蔵はいなかったんで。……美濃屋に帰《けえ》ったはずでさァ」

「すると、隠れ家にいる梟党は五人とみていいな」

ただ、五人の町人体の男が、すべて梟党だと断定することはできなかった。いずれにしろ、頭目以下何人かはいるだろう。

「雲井さま、頭目の名が知れやしたぜ」

茂平が低い声で言った。

「知れたか」

竜之介が、茂平に目をむけた。

「弥三郎《やさぶろう》でさァ」

茂平によると、町人体の五人が、茂平たちのひそんでいる樹陰の近くを通りかかったとき、若いひとりが、弥三郎親分、と五十がらみと思われる男に声をかけたのを耳にしたという。

「弥三郎か。それで、弥三郎はどんな男だった」

竜之介は、風貌《ふうぼう》や体軀《たいく》を聞いておけば踏み込んだとき、逃がさずに済むと思ったのだ。

「痩《や》せた男で、すこし猫背でしたぜ」

茂平が、弥三郎の顔は面長で目が細かった、と言い添えた。

「それだけ分かれば、間違えることはあるまい」

「雲井さま、もうひとつ、お耳に入れておきたいことが」

寅六が声を低くして言った。

「なんだ」

「伊蔵がいやした」

「なに、隠れ家にか」

「へい、弥三郎がそばにいた男に、伊蔵と声をかけやしたんで」

寅六によると、伊蔵は三十がらみの浅黒い顔をした男だったという。

「まちがいなく、ここが梟《ふくろう》どもの巣だな」

竜之介が低い声で言い、いっとき口をつぐんでいると、

「雲井さま、ここに踏み込むのはいつです」

と、寅六が訊いた。

「明日の夕方だ。いっしょに、八左衛門も捕らえる手筈《てはず》になっている」

そう言って、竜之介は隠れ家に鋭い目をむけた。

7

翌日、竜之介は横田屋敷の与力詰所にいた。他に召捕・廻り方の与力ふたりがつめていた。北沢新三郎と年配の権田源兵衛《ごんだげんべえ》である。北沢は甚五郎の賭場《とば》の探索にあたっていたこともあって、横田が捕物に出張《でば》るよう命じたのだ。また、権田は年配で経験も豊富だったことから、声をかけたようだ。

御頭の横田と竜之介が熊井町の梟党の隠れ家に出向き、北沢と権田が小網町の美濃屋にむかうことになっていた。

昨日の夜、竜之介は風間から、美濃屋にも福寿屋にも村神らしい男はいないようだとの連絡を受けた。風間によると、手先を使って美濃屋と福寿屋を見張らせたが、村神らしき男は店に出入りしなかったという。そうしたこともあって、竜之介は横田に事情を話し、予定通り腕のたつ牢人《ろうにん》がふたりいる隠れ家に行くことにしたのだ。

横田は捕方《とりかた》の指揮がばらばらにならないように、与力は三人だけに絞ったようだが、召捕・廻り方の同心七人はすべて動員した。さらに、頭付《かしらづき》同心三人が横田にしたがったので、同心だけで十人ということになる。それに、三人の与力と同心たちの手先、さらに横田家につかえる家士をくわえ五十数人が捕方としてくわわるので、大部隊になった。ただ、二手に分かれるので一隊だけみれば、それほどの人数ではないかもしれない。


「そろそろ支度するか」

竜之介が北沢と権田に声をかけた。三人とも、まだ羽織袴《はおりはかま》姿だったのだ。

陽は西の空にかたむいていた。七ッ（午後四時）ごろであろうか。暮れ六ッ（午後六時）過ぎ、辺りが夕闇につつまれてから、熊井町の隠れ家と美濃屋に踏み込むことになっていたが、そろそろ支度を始める頃合である。すでに、横田屋敷に集まった同心たちは支度を終えているかもしれない。

「よし、支度をいたそう」

権田が言い、北沢も立ち上がった。

竜之介たち三人は、ぶっさき羽織に裾高《すそだか》の野袴《のばかま》、紺足袋《たび》に草鞋《わらじ》掛けという捕物出役《でやく》装束に身をかためた。北沢と権田は二刀を帯び、十手も用意したが、竜之介は刀を帯びただけだった。ふたりの牢人との立ち合いになれば、刀を遣わねばならないし、生け捕りにしたければ峰打ちにすればいいのである。

身支度を終えた竜之介たちは、横田家の玄関先に集まった。すでに五人の同心も顔をそろえていた。残る五人の同心は、小網町にふたり、熊井町に三人、それぞれ分かれて先発していた。美濃屋と隠れ家を遠方から見張るとともに、直接現地近くに集まる手下たちに踏み込む場に近付かないように指図するためである。捕方の本隊が着く前に、八左衛門や梟党の者たちに気付かれて逃走されたら元も子もないのだ。

玄関先に集まった同心のなかに風間の姿はなかった。先に熊井町の隠れ家近くに行っているはずである。

同心たちも捕物出役装束だった。鉢巻き襷《たすき》がけで裾の短い半纏《はんてん》に帯をしめ、たっつけ袴で、手甲をつけていた。いずれも手に十手を持っている。

捕方は三十人ほどが集まっていた。横田家に仕える小者、中間《ちゅうげん》などが多いようだ。与力や同心の手先たちは、すでに小網町と熊井町にむかっているのだろう。

捕方たちはいずれも向こう鉢巻き襷がけで、小袖《こそで》を裾高に尻《しり》っ端折《ぱしょ》りし、股引《ももひき》に草鞋履きだった。十手や六尺棒を手にしていた。なかには、暗くなることも予想し、龕《がん》灯《どう》を手にしている者もいた。龕灯は釣鐘形の外枠のなかに蠟燭《ろうそく》を立て、一方だけを照らす懐中電灯のような照明具である。

同心や捕方たちは気が昂《たかぶ》っているらしく、いずれも顔が紅潮し、目が異様にひかっていた。

いっときして、横田が玄関先に姿をあらわした。横田も捕物出役装束だった。金紋の付いた黒漆塗りの陣笠《じんがさ》、火事羽織、胸当、それに野袴である。

横田が居並んだ与力をはじめとする捕方たちに視線をめぐらし、

「梟党は、われらの手で捕らえる。ひとりも、逃すな」

と、声をかけると、与力と同心たちから、ハッ、という声が上がった。

横田をはじめとする捕方たちは、屋敷の近くにある掘割の桟橋から舟で行くことになっていた。熊井町は遠方だし、捕物装束に身をかためた一隊はどうしても人目につく。捕方が到着する前に、梟党や八左衛門の許《もと》に知らせに走る者がいないとはかぎらないのだ。

また、徒歩で小網町に行くには、八丁堀を通らないとかなり遠まわりになる。捕物装束に身をかためた火盗改の一隊が町方の与力や同心の住む八丁堀を通るのは、町方への当てこすりになり、反感を買うだろう。

桟橋には、八艘《そう》の猪牙舟《ちょきぶね》が用意されていた。横田が役所詰の与力に命じて、調達させたのだ。

先に、横田を頭とする一隊が四艘の舟に分散して乗り込んだ。横田のほかに、竜之介、同心三人、それに十数人の捕方たちである。

一方、後発の四艘には、北沢と権田、同心二人、それに捕方たち十数人が乗り込んだ。竜之介たちに同行する同心が多いのは、頭付同心三人が横田にしたがったからである。

竜之介は横田と同じ舟に乗った。艫《とも》に立って艪《ろ》を漕《こ》ぐのは平十である。舟も瀬川屋のものだった。竜之介が横田屋敷に来るのに使った舟である。

四艘の舟は、大川へ出るとすこし上流にさかのぼってから、大川を横切って深川へむかった。

大川の川面《かわも》が、西の空の夕焼けを映じてにぶい茜色《あかねいろ》に染まっていた。夕暮れ時のせいもあって、船影はすくなく、猪牙舟や荷を積んだ艀《はしけ》などが何艘か見えるだけだった。河口の先には江戸湊《みなと》の海原が夕焼けに染まり、遠い水平線までつづいている。

「雲井」

船梁《ふなばり》に腰を下ろしている横田が声をかけた。

「梟党の頭目は、弥三郎という名だそうだな」

「はい」

すでに、竜之介は茂平たちから聞いた頭目の名を横田に知らせてあったのだ。

「弥三郎が、深谷の宗兵衛ではないのか」

横田が念を押すように訊《き》いた。

「ちがうようです」

竜之介は、茂平に話を聞いたときから宗兵衛ではないとみていた。まず、年齢がちがっていた。弥三郎は五十がらみらしいが、宗兵衛は還暦にちかいはずである。それに、梟党の手口が宗兵衛とはまったくちがっていたのだ。宗兵衛なら、足のつきそうな手引きなど使わずに、店の戸をぶち割って侵入するはずである。

「宗兵衛一味は七人だが、すでに三人は始末した。残るは四人だが、梟党の頭と八左衛門が、宗兵衛の手下だとすれば、行方が知れぬのはふたりだけになるな」

「いかさま」

「すでに、宗兵衛と残るひとりは、この世にいないかも……」

横田の語尾は、よく聞き取れなかった。声がちいさくなり、水押《みお》しのたてる水飛沫《しぶき》の音に掻《か》き消されたのである。

竜之介と横田がそんなやり取りをしている間に、平十の漕ぐ舟は熊井町の桟橋に着いた。後続の三艘も、桟橋に近付いてくる。

桟橋には風間の姿があった。十数人の捕方がしたがっている。風間も捕方たちも、捕物装束ではなかった。人目を引かないように、町を歩く恰好《かっこう》で集まったようだ。

竜之介は先に舟から下り、船縁《ふなべり》を押さえて横田が下りるのを待ってから風間を呼んだ。

「どうだ、隠れ家の様子は」

竜之介が訊いた。風間は先に来て、隠れ家を見張っていたはずだ。

「変わった様子はございません。一味の者たちは、隠れ家にいるようです」

風間が言った。

「牢人ふたりは？」

「おります」

「村神はいないな」

竜之介は念を押すように訊いた。

「それがしが来てから、姿を見せていません。茂平によると、村神は隠れ家にいないということです」

茂平は寅六とふたりで、早朝から隠れ家の周辺に身をひそめて、出入りする者に目を配っているはずだった。

竜之介は横田に近付き、

「御頭、隠れ家にいるのは梟党一味と牢人ふたりだけのようです」

と、伝えた。

「よし、ひとり残らず捕らえようぞ」

横田が桟橋に下り立った捕方《とりかた》たちに声をかけた。

8

松林のなかは、濃い夕闇に染まっていた。風のない夕暮れ時で、柴垣《しばがき》で囲まれた屋敷は、ひっそりとしていた。屋敷の先にある砂浜に打ち寄せる波の音だけが、絶え間なく聞こえてくる。

林のなかには、横田に率いられた捕方が三十数人集まっていた。竜之介たちとともに舟で来た捕方に、桟橋や隠れ家につづく路傍で待っていた同心の手先たちがくわわったのである。茂平や寅六のように、林のなかの物陰から隠れ家を見張っていた者も何人かいた。横田は、竜之介と風間からあらためて屋敷の様子を聞いてから、

「表から、わしと雲井が踏み込む。風間、立川《たてかわ》、菅山《すがやま》の三人は、捕方を連れて裏手へまわれ」

と、命じた。立川と菅山は、召捕・廻り方の同心である。

すぐに、捕方が二手に分かれた。裏手に十数人、表から二十人ほどが踏み込むことになった。

「風間、無理をするな」

竜之介が風間に声をかけた。まだ、風間は刀を自在に遣えないのではないかと思ったのである。

「雲井さまも、ご油断なきよう」

風間が目をひからせて言った。

竜之介はうなずき、

「行くぞ！」

と、捕方たちに声をかけた。正面からの一隊を直接指図するのは、竜之介である。横田と竜之介は先頭に並び、その背後に頭付の同心三人がしたがい、捕方たちがつづいた。

裏手の一隊を率いたのは、風間である。横田が命じたのだ。これまで、風間は梟党の探索にあたり、手傷を負ったこともあって、横田が風間の顔をたてたようだ。裏手には屋敷につづく木戸門があり、そこから敷地内に入れるはずだ。

竜之介たちは柴垣に沿って、家の正面にまわった。正面はわずかな松林があるだけで、砂浜がひろがり、その先には海原が水平線の彼方《かなた》までつづいていた。どうして、梟党が隠れ家に使っているのか分からないが、元来は景勝地に建てた隠居所か寮なのであろう。

家の正面に柴垣はなく、松の植木と奇岩と砂利を配した庭になっていた。ただ、しばらく植木屋が入っていないとみえて雑草がはびこり、潮風に揺れていた。

辺りは夕闇につつまれ、庭に人影はなかった。庭に面した縁側の先の障子に、灯の色があった。だれかいるらしい。

横田は庭のなかほどで足をとめた。実際に、踏み込むのは竜之介をはじめとする捕方たちである。

「行け！」

横田が命じた。

竜之介たち一隊は、足音を忍ばせて縁側にむかった。それでも、庭に敷かれた砂利を踏む足音がひびいた。

すると、障子の向こうで、

「おい、何の音だ！」

という男の声が聞こえ、ガラリ、と障子があいた。顔を出したのは、町人体の男だった。ひらいた障子の間から、座敷が見えた。数人の男が、車座になっている。男たちの膝先《ひざさき》に貧乏徳利《びんぼうどくり》が見えた。酒盛りでもしていたらしい。

竜之介は抜刀して疾走した。捕方たちも駆けだした。一気に、縁先に迫っていく。捕方たちは、手に手に六尺棒や十手を持っている。

「捕方だ！」

障子から顔を出した男が叫んだ。

つづいて、別のふたりの男が障子から外を覗《のぞ》き、

「裏手へ逃げろ！」

と、叫んだ。

座敷で、何人もの男たちの立ち上がる姿が見え、貧乏徳利を倒す音や湯飲みを蹴飛《けと》

ばす音などがひびいた。

そのとき、裏手で引き戸をあける音や大勢の足音などがおこり、御用！　御用！

という捕方の声が聞こえた。風間隊が踏み込んだらしい。

「裏手からも来やがった！」

座敷で、男の怒号が聞こえた。

障子がバタバタとひらき、数人の男が縁側に飛び出してきた。ふたりの牢人《ろうにん》の姿もあった。大刀をひっ提げている。

座敷にいた二、三人の男が、裏手から逃げようとしたらしいが、大勢の捕方が踏み込んでくる足音と捕方たちの声を聞いて、思いとどまったようだ。

竜之介は、男たちのなかに、痩身《そうしん》で猫背の男がいるのを目にとめた。面長で目が細い。弥三郎らしい。

竜之介は弥三郎に迫りながら、

「踏み込め！」

と、声を上げた。

捕方たちが縁先に駆け寄り、御用だ！　神妙にしろ！　などと、口々に叫び、十手や六尺棒をむけた。捕方たちの顔はひきしまり、獲物に迫る猟犬のような目をしていた。

竜之介は縁側に踏み込み、弥三郎の前に立った。茂平とふたりの捕方が、竜之介のそばにつき、六尺棒をむけた。

一方、ふたりの牢人は、縁先から庭に飛び下りていた。そのふたりを、七、八人の捕方が取り囲み、十手や六尺棒をむけている。

すでに、ふたりの牢人は抜刀していた。顔が怒張したように赭黒《あかぐろ》く染まり、双眸《そうぼう》がギラギラひかっている。さすがに、捕方たちもふたりの牢人を恐れたらしく、大きく間をあけて取り囲んでいた。

「弥三郎、縛《ばく》につけい！」

竜之介が声を上げると、男の顔に、ハッとしたような表情が浮いた。名前まで知られているとは、思わなかったのだろう。

「ちくしょう！　つかまってたまるか」

弥三郎が懐に手をつっ込み、匕首《あいくち》を取り出した。

顔の血の気が失《う》せ、目がつり上がっていた。胸の前で構えた匕首の切っ先が、小刻みに震えている。興奮と憤怒《ふんぬ》で、体が顫《ふる》えているようだ。

竜之介は刀身を峰に返し、腰を沈めて低い脇構えにとると、足裏を擦るようにして弥三郎に迫った。

「やろう！」

叫びざま、弥三郎がつっ込んできた。

匕首を前に突き出し、体ごとぶち当たるような踏み込みだった。咄嗟《とっさ》に、竜之介は脇に跳んで刀身を横に払った。一瞬の体捌《たいさば》きである。

ドスッ、という皮肉を打つにぶい音がひびき、弥三郎が前によろめいた。竜之介の峰打ちが、弥三郎の腹を強打したのだ。

弥三郎は低い唸《うな》り声を上げ、左手で腹を押さえてうずくまった。顔が苦しげにゆがんでいる。肋骨《ろっこつ》が、折れたのかもしれない。

「捕《と》れ！」

竜之介が声を上げると、そばにいた茂平とふたりの捕方《とりかた》がすばやく弥三郎の両脇にまわり込み、ふたりがかりで両肩を押さえ、別のひとりが弥三郎の両腕を後ろにとって早縄をかけた。

これを見た竜之介は、庭に目を転じた。ふたりの牢人が、捕方たちを威嚇するように刀を振り上げていた。取り囲んだ捕方たちのなかに、刀を手にした同心ふたりの姿があった。横田のそばにいた頭付同心が、横田の指示で駆けつけたらしい。ただ、同心ふたりは腕に覚えはないらしく、顔がひき攣《つ》り、腰が引けていた。

「おれが相手だ！」

一声上げ、竜之介は総髪の牢人の右手へ迫った。

構えは八相。刀身が銀色にひかり、夕闇を切り裂いていく。竜之介は牢人に迫りながら、全身に気勢を込めて斬撃《ざんげき》の気配をみなぎらせた。

「お、おのれ！」

総髪の牢人が、青眼に構えた切っ先を竜之介にむけた。

なかなかの遣い手らしい。腰の据わった隙のない構えである。ただ、竜之介にむけられた切っ先が小刻みに震えていた。気が昂《たかぶ》っているのである。

……斬れる！

と、竜之介は踏んだ。気の異常な昂りは体を硬くし、一瞬の反応をにぶくするのだ。

イヤアッ！

裂帛《れっぱく》の気合を発しざま、竜之介が斬り込んだ。

真っ向へ。踏み込みざまの膂力《りょりょく》のこもった斬撃である。

オオッ、と声を上げて、牢人が刀身を振り上げて竜之介の斬撃を受けた。にぶい金属音がひびき、牢人の頭上で青火が散った。次の瞬間、牢人が後ろによろめいた。竜之介の強い斬撃に押されたのである。

牢人の刀身が下がり、正面があいた。この一瞬の隙を、竜之介がとらえた。

さらに踏み込み、袈裟《けさ》へ。神速の連続技である。

ザクリ、と牢人の肩から胸にかけて着物が裂け、あらわになった肌から血が迸《ほとばし》り出た。牢人は獣の咆哮《ほうこう》のような叫び声を上げ、手にした刀を取り落として前に泳いだ。

「いまだ！　捕れ」

竜之介が声をかけると、ふたりの捕方が牢人の脇から踏み込み、手にした六尺棒を突き出した。一本は、牢人の脇腹を突き、もう一本は太腿《ふともも》の辺りに当たった。

牢人はよろめき、前につんのめるように倒れた。そこへ、三人の捕方が飛び込むような勢いで襲いかかり、牢人を押さえ込んだ。

竜之介は、もうひとりの牢人に目を転じた。ひどい姿だった。元結《もとゆい》が切れてざんばら髪になっている。竜之介が総髪の牢人とやり合っている間に、捕方たちが六尺棒で殴りかかったらしい。顔には血の色があった。六尺棒の先が当たったのだろう。

竜之介が牢人の脇から迫ると、牢人は恐怖に顔をゆがめた。八相に構えた刀身が、ワナワナと震えている。この牢人は、それほどの腕ではないようだ。

竜之介は、八相に構えて牢人に迫った。

「お、おのれ！」

牢人は竜之介に体を向けた。

そして、竜之介が斬撃の間境《まざかい》に迫るや否や、ヤアッ！　と甲走った気合を発して斬り込んできた。

八相から袈裟へ。威力のない斬撃だった。牢人は恐怖に駆られて、気攻めも牽制《けんせい》もせずに斬り込んできたのだ。

瞬間、竜之介は体をひらきながら刀身を横に払った。甲高い金属音がひびき、牢人の刀身が流れた。勢いあまった牢人が前に泳ぐと、すかさず竜之介が脇から籠手《こて》へ斬り込んだ。すばやい太刀捌きである。

骨肉を断つにぶい音がし、牢人の右腕が足元に落ちた。竜之介の一撃が、腕を骨ごと截断《せつだん》したのだ。牢人は絶叫を上げ、その場につっ立った。截断された腕の斬り口から、血が筧《かけい》の水のように流れ落ちている。

これを見た三人の捕方が、いっせいに六尺棒で殴りかかった。牢人は喉《のど》の裂けるような悲鳴を上げて地面にうずくまった。

捕方たちが、牢人の肩先にすばやく縄をまわして縛り上げた。牢人は血達磨《ちだるま》になり、苦しげな呻《うめ》き声を上げている。

竜之介は座敷の方へ目をやった。歯向かっている男の姿はなかった。座敷には風間たち捕方の姿と、縄をかけられた何人かの男の姿があった。捕物は終わったようだ。

竜之介たちは、弥三郎以下五人の男を捕らえた。そのなかには、伊蔵もいた。牢人ふたりにも縄をかけたが、総髪の男は間もなく絶命した。

一方、捕方にも手傷を負った者が三人いたが、いずれも命にかかわるような傷ではなかった。

横田は捕らえた男たちを前にし、

「上首尾だ！」

と声を上げ、満足そうに顔をくずした。


そのころ、小網町の美濃屋に出向いた北沢、権田隊も捕物を終えていた。

美濃屋には、刀を手にして抵抗する者がいなかったので、捕方から犠牲者は出なかった。捕らえたのは、八左衛門、島蔵、房次郎、それに下働きの竹造《たけぞう》という男だった。竹造は捕方にむかって包丁を振りまわしたが、八左衛門の手下ではないようだった。突然、捕方が店内に踏み込んできたので、逆上したらしい。

北沢、権田隊は竜之介たちよりも早く、捕らえた八左衛門たちを舟に乗せて、横田屋敷に到着していた。

竜之介たちが、捕らえた弥三郎たちを連れて横田屋敷にもどってきたのは、子《ね》ノ刻（午前零時）過ぎである。

第六章　面割り

1

雲井さま……。

戸口で、くぐもった男の声が聞こえた。茂平らしい。

瀬川屋の離れの居間にいた竜之介はすぐに腰を上げ、刀を手にして戸口へ出た。

茂平は黒っぽい装束に身をつつみ、茶の手ぬぐいで頬っかむりしていた。その手ぬぐいの隙間から底びかりのする目を竜之介にむけ、

「村神が姿を見せやした」

と、小声で言った。

「あらわれたか」

竜之介は、すぐに手にした刀を腰に帯びた。

横田をはじめとする火盗改の捕方《とりかた》が二手に分かれて、熊井町の隠れ家と小網町の美濃屋に出張《でば》り、梟党《ふくろうとう》の頭目の弥三郎や八左衛門を捕らえて三日経っていた。この間、

竜之介は村神を捕らえるか斬るかするために、密偵たちを佐賀町のかめやと竹町の庄蔵店の近くにひそませて、村神があらわれるのを待っていた。

村神は弥三郎たちが捕らえられたのを知っても、すぐに姿を消すことはない、と竜之介はみていた。とりあえず、村神はかめやか庄蔵店にもどって町方や火盗改の動きをみるだろう。

「かめやに入《へえ》りやした。いま、寅六が見張っていやす」

ここ三日間、茂平と寅六がかめやを見張っていたのだ。

「よし、行こう」

竜之介は離れの戸口から出た。

外は淡い夜陰に染まっていた。藍色《あいいろ》の空に、星がまたたいている。六ツ半（午後七時）ごろであろうか。

竜之介は離れから通りへ出ると、柳橋の方へむかった。佐賀町まで歩かねばならない。平十は千次とふたりで、庄蔵店に張り込んでいるので瀬川屋の舟は使えなかった。ただ、大川端沿いの道をたどれば、佐賀町までそれほどの距離ではない。

竜之介と茂平は両国橋を渡って本所へ出ると、竪川にかかる一ツ目橋を渡って大川沿いの道を川下にむかった。

新大橋のたもとを過ぎ、小名木川にかかる万年橋を経て、仙台堀にかかる上ノ橋を渡って佐賀町へ入った。しだいに夜陰が濃くなり、大川端の人影はほとんど見られなくなった。ときおり、居残りの仕事で遅くなった職人や仕事を終えて一杯ひっかけたらしい男などが通りかかるだけである。町筋はひっそりとして、大川の流れの音だけが、低い地鳴りのように聞こえていた。

頭上に、月が出ていた。通りを淡い青磁色に照らしている。これだけの明るさがあれば、刀をふるうことはできるだろう。

佐賀町に入ってしばらく歩くと、前方にぽつんと赤提灯《あかちょうちん》の灯《ひ》が見えた。かめやである。竜之介たちが赤提灯の近くまで来ると、茂平が、

「雲井さま、この辺りで待っていてくだせえ。寅六を呼んできやす」

と言い残し、小走りにかめやの店先にむかった。

竜之介が川岸の柳の樹陰で待つと、茂平が寅六を連れてもどってきた。

「どうだ、村神は店にいるか」

竜之介が訊《き》いた。

「いやすぜ。女将《おかみ》を相手に飲んでるようでさァ」

寅六によると、店の客が戸をあけて出てきたとき、飯台を前にして飲んでいる村神の姿が見えたという。

「それで、他の客もいるのか」

「船頭らしいのがふたり、店に入《へえ》りやしたんで、そいつらがいるはずで」

「ふたりか」

「どうしやす？」

「ともかく、店の前まで行ってみよう」

竜之介は歩きだした。茂平と寅六が跟《つ》いてくる。

かめやの前まで来ると、店のなかからかすかに男の濁声《だみごえ》が洩《も》れてきた。乱暴な物言いからみて、船頭が話しているらしい。だいぶ酔っているようだ。村神と思われる声は聞こえなかった。

……いつ出てくるか、分からんな。

村神は夜更けまで飲んで、このままかめやに泊まるのではあるまいか。そうなると、店の外で村神が出てくるのを待っても無駄骨である。

竜之介は、村神を外に呼び出そうと思った。村神は竜之介がひとりと分かれば、逃げないだろう。逃げるどころか、村神の方で勝負を挑んでくるはずだ。

「ふたりは、ここにいろ」

言い置いて、竜之介は店先に近付いた。

店のなかは薄暗かった。土間の隅に裸蠟燭《ろうそく》が点《とも》り、ぼんやりと店内を照らしている。土間に、飯台がふたつ置いてあった。手前の飯台に船頭らしい男がふたりいた。だいぶ飲んだと見え、顔が熟柿《じゅくし》のように染まっている。

奥の飯台に牢人《ろうにん》と年増《としま》がいた。差し向かいで、酒を飲んでいる。村神と女将であろう。牢人は、面長で鼻梁《びりょう》が高かった。耳にしていた村神の人相である。

「いらっしゃい」

女将が竜之介に顔をむけて、声をかけた。客と思ったらしい。女将の顔に不審の色はなかった。竜之介は小袖《こそで》に袴《はかま》姿で来ていたので、牢人が飲みに立ち寄ったと思ったのかもしれない。

村神と思われる男は、刺すような目で竜之介を見た。その身辺に、多くの人を斬ってきた男のもつ残忍で荒んだ雰囲気がただよっている。

「村神桑三郎か」

竜之介が、牢人を見すえて誰何《すいか》した。

その声で、近付いてきた女将の足がとまった。顔をこわばらせ、竜之介に目をむけたまま後じさった。女将は、竜之介にただの客とはちがう異様な気配を感じとったのだろう。手前の飯台にいたふたりの男も酒を飲む手をとめ、竜之介に目をむけている。

「いかにも」

村神は否定しなかった。腰掛け代わりの空き樽《だる》に腰を落としたまま、おぬしは、と低い声で訊いた。

「雲井竜之介」

竜之介も名を隠さなかった。

「おぬしが、雲井か。……おぬしらが、八左衛門たちを捕らえたのだな」

「そうだ」

「表に大勢来ているのか」

村神は、捕方が来ているのか訊いたのである。

「おぬしの相手は、おれひとりだ」

「それは、それは」

村神は口元に薄笑いを浮かべ、

「願ってもないことだが、おれはどうでもいいぞ。おぬしの首なら二百両にはなろうが、八左衛門が捕らえられたのでは、一銭にもならんからな」

と、言い添えた。どうやら、八左衛門たちとの間で、竜之介を斬る話も出ていたようだ。

「おれに斬られるのが嫌なら、土壇場に送ってやってもいいぞ」

竜之介が言った。

「それは、御免だな」

村神はゆっくりとした動作で立ち上がると、飯台の隅に立て掛けてあった大刀を手にした。

「お、おまえさん！」

女将が、ひき攣《つ》ったような声を上げた。

「おれん、おれがもどるまで、一杯やってろ」

そう言って、村神は手にした刀を腰に帯びた。女将の名は、おれんらしい。

2

村神は縄暖簾《なわのれん》を手で分けて通りに出てきたが、すぐに足がとまった。路傍に立っている茂平と寅六の姿を目にしたのである。

「捕方か」

村神の顔に怒りの表情がよぎった。竜之介に騙《だま》されたと思ったのかもしれない。

「ふたりは、捕方ではない。おれの手先だ。……それに、捕方ならふたりだけということはあるまい」

竜之介が言った。

「……………」

村神は無言のままうなずいた。

竜之介と村神は、大川沿いの通りに立って対峙《たいじ》した。通りかかる人影はなく、ひっそりとして大川の流れの音だけが聞こえていた。

ふたりの間合はおよそ四間。ふたりとも、まだ抜刀していなかった。月光がふたりの姿をぼんやりと照らし出している。

「村神、勝負をする前に訊いておきたいことがある」

竜之介が言った。まだ、両腕は垂らしてままで、刀の柄《つか》も握っていなかった。

「なんだ」

「おぬし、いつ江戸へ出た」

竜之介は、敏造から村神は上州の高崎で生まれ育ったと聞いていた。

「五年ほど前かな」

「おぬしほどの腕がありながら、なにゆえ金ずくで人を斬るようになったのだ」

仕官は無理でも、剣術道場の指南役をするとか旗本屋敷に出稽古《でげいこ》に行くとか、何か剣術で暮らしをたてる術《すべ》があったはずである。

「若いころ身につけた剣で金を稼ぐには、これが一番てっとり早いのでな」

村神がゆっくりとした動作で左手で鯉口《こいぐち》を切り、右手を柄に添えた。

「おぬしの剣は、馬庭念流《まにわねんりゅう》か」

竜之介は、村神の生まれが上州高崎と聞いたときから、馬庭念流であろうとみていた。上州高崎は馬庭念流の盛んな地である。

村神の相手の面《めん》を斬り割るような強い斬撃《ざんげき》は、馬庭念流の修行で身につけたものであろう。馬庭念流は竹刀《しない》で打ち合う稽古より、木刀による組太刀を重んずると聞いていた。おそらく、重量のある木刀を振ることで膂力《りょりょく》が付いて腰が据わり、強く重い斬撃を生むようになったのであろう。

「そうだ」

「おれの流は、神道無念流」

竜之介も鯉口を切り、右手で柄を握った。

「いくぞ！」

村神が抜刀した。

「おお！」

竜之介も抜いた。

村神は青眼に構えて切っ先を竜之介にむけた後、ゆっくりと刀身を上げて上段に取った。両肘《ひじ》を高く取った大きな上段である。

……こやつ、できる！

と、竜之介は察知した。

村神の上段には、上からおおいかぶさってくるような威圧があった。全身から痺《しび》れるような剣気をはなっている。

対する竜之介は八相に構えた。刀身を寝せて、切っ先を後方にむけた。こうすると、斬撃の起こりを迅《はや》くすることができ、間合を読ませぬ利もある。竜之介が、独自に工夫した構えである。

竜之介の剣を「雲竜《うんりゅう》」と呼ぶ者がいた。雲井竜之介の雲と竜からとったのだが、八相から袈裟《けさ》に斬り込む太刀が神速で、刀身のきらめきが黒雲を裂く稲妻を連想させ、八相に構えた竜之介の姿が竜を想像させたからである。

……だが、雲竜は遣えぬ。

と、竜之介は思った。

村神の真っ向から斬り下ろす面割りの剣と八相から袈裟にふるう雲竜の剣。おそらく互角であろう。竜之介の切っ先も、村神の肩口をとらえようが、竜之介も面を割られることになる。

……村神の真っ向への初太刀《しょだち》をかわさねばならぬ。

と、竜之介は思った。

村神の真っ向への初太刀を受け流して、剛剣の威力を殺《そ》ぐのだ。雲竜の剣の袈裟斬りはなてないが、二の太刀の勝負になる。

村神が足裏を擦《す》るようにして、ジリジリと間合をせばめてきた。全身に気勢が満ち、斬撃の気配が高まってくる。

竜之介は動かなかった。気を鎮めて、村神の斬撃の起こりをとらえようとしている。村神の真っ向への初太刀を受け流すためには、斬撃の気配を察知して神速に対応せねばならない。

村神との間合がせばまってきた。村神の全身に、いまにも斬り込んでくるような気配がただよっている。

ふいに、村神の寄り身がとまった。まだ、一足一刀の斬撃の間境の一歩外である。

ピクッ、ピクッ、と村神の柄を握った両拳《こぶし》が小刻みに動いた。牽制《けんせい》と斬撃の起こりを読みづらくしているのである。

ピクッ、と両拳が動いた瞬間、村神の右足がわずかに踏み込んだ。刹那《せつな》、村神の全身に斬撃の気がはしった。

……くる！

竜之介が察知した瞬間。

キラッ、と村神の刀身がきらめいた。次の瞬間、村神の体《たい》が躍動し、上段から閃光《せんこう》が真っ向へはしった。

間髪をいれず、竜之介が鋭い気合とともに刀身を振り上げた。一瞬の太刀捌きである。

二筋の閃光が竜之介の頭上で合致し、キーン、という甲高い音がひびき、青火が散って村神の刀身が跳ね返った。

すかさず、竜之介が二の太刀をはなった。

振り上げた刀身を頭上で返しざま、袈裟へ。稲妻のような閃光がはしった。雲竜の剣の袈裟斬りである。

ほぼ同時に、村神も二の太刀をはなった。

振り上げざま真っ向へ。

袈裟と真っ向。ふたりの切っ先が、交差したかに見えた瞬間、振り下ろした村神の刀身が揺れた。竜之介の袈裟に斬り込んだ切っ先が、村神の右の二の腕をとらえたのだ。

次の瞬間、ふたりは大きく背後に跳んで間合をとり、ふたたび上段と八相に構え合った。村神の右の袖《そで》が裂け、上腕が血を噴いている。竜之介の切っ先が、深くえぐったのである。

「お、おのれ！」

村神の顔がゆがんだ。目がつり上がり、顔が怒りで赭黒《あかぐろ》く染まっている。

「うぬの、面割りの太刀、やぶったぞ」

竜之介が声を上げた。村神は右腕を斬られたことで、真っ向への強い斬撃がふるえないはずである。

「まだ、勝負はついておらん！」

村神は上段に振りかぶったまま、間合をつめてきた。刀身が小刻みに震え、月光を反射《はね》て青白いひかりをはなっている。

村神は一気に斬撃の間境に迫ってきた。気攻めも牽制もなかった。そして、一足一刀の間境を越えるや否や仕掛けた。

タアアッ！

甲走った気合を発し、真っ向へ。体ごとぶつかってくるような踏み込みだった。膂力の不足を踏み込みでおぎなおうとしたのかもしれない。だが、鋭さも迅さもなかった。

竜之介は脇へ跳んでかわしざま、刀身を横にはらった。

竜之介の手に胴を深くえぐった手応《てごた》えが残り、村神の上半身が前にかしいだ。村神は上体を前に倒したまま、よろめいた。腹部が横に裂け、臓腑《ぞうふ》が溢《あふ》れている。

村神は刀を取り落とし、両腕で腹をかかえこむように押さえた。横に裂けた着物と両手が赤く染まっていく。

村神は両膝《ひざ》を地面についてうずくまったまま、低い呻《うめ》き声を上げている。

竜之介は村神の脇に歩を寄せた。

「とどめを刺してくれる」

村神は助からない。放置すれば、苦しむだけだろう。とどめを刺してやるのが、武士の情けである。

竜之介は八相に構えて斬り下ろした。

にぶい骨音がし、村神の首が前に落ちた。次の瞬間、村神の首根から血が赤い帯のように飛んだ。首の血管《ちくだ》から、血が一気に噴出したのである。

村神はうずくまったまま倒れなかった。首だけが前に垂れている。竜之介は喉皮だけを残して斬首したのである。

竜之介が懐紙で刀身の血をぬぐっていると、茂平と寅六が駆け寄ってきた。

寅六が村神の姿を見て目を剝《む》き、

「すげえや！」

と、驚きの声を上げた。茂平は黙したまま、うずくまっている村神を見つめている。

「長居は無用」

竜之介は納刀すると足早に歩きだした。

かめやの店先から、おれんとふたりの客が覗《のぞ》いていた。おれんの顔がひき攣《つ》っている。騒がれる前に、竜之介はこの場から離れようとしたのだ。茂平と寅六が、慌てて竜之介の跡を追ってきた。

3

竜之介が横田屋敷の与力詰所で茶を飲んでいると、用人の松坂が姿を見せた。

「雲井どの、殿がお呼びでござる」

松坂が慇懃《いんぎん》な口調で言った。

「御頭の御用は？」

竜之介が訊《き》いた。横田が何ゆえ竜之介を呼んだのか分からなかったのである。

「さて、それがしには分からぬが」

松坂は、殿がお待ちなので、同行してくれ、と言い添えた。

竜之介は腰を上げた。あるいは、梟党の吟味のことかもしれないと思った。

梟党と八左衛門たちを捕らえて、十日ほど過ぎていた。捕らえた者たちの吟味は、横田と役所詰与力があたっているはずである。役所詰与力の話によると、当初口を割らなかったが、すでに捕らえている弥之助と敏造が吐いていることもあって、石抱きの拷問をちらつかせると、しゃべり始めたという。

竜之介が御指図部屋で待っていると、廊下を歩く重い足音がして横田が姿を見せた。

横田は小紋の小袖に角帯姿というくつろいだ恰好《かっこう》だった。

横田は竜之介と対座すると、

「雲井、梟党の者どもがすべて吐いたぞ」

と、顔に笑みを浮かべて言った。機嫌がいいらしい。

「残るひとりも知れましたか」

熊井町の隠れ家で、捕らえた梟党の者は頭の弥三郎をはじめ伊蔵など五人だった。まだ、ひとりだけ、つかめなかったのである。

「島蔵だよ」

「島蔵ですか」

美濃屋の番頭で、八左衛門の片腕と目されていた男である。

横田が訊問《じんもん》で聞いた一味の自白によると、島蔵が梟党にくわわり、黒田屋と松沢屋に押し入ったのだという。それに、島蔵は弥三郎と八左衛門の繋《つな》ぎ役でもあったそうだ。

「八左衛門も、梟党にくわわって店に押し込むことはしなかったが、梟党のひとりとみていいかもしれんな」

横田が声をあらためて言った。

「どういうことですか」

「黒田屋に目をつけ、女中のおしげに大金を見せて騙《だま》し、手引きをさせたのも八左衛門らしいのだ。押し入った後、おしげを始末して口をふさいだのも、八左衛門が島蔵や房次郎に指図してやらせたらしい。……松沢屋もまったく同じ手口だ。松沢屋の吾助に手引きさせ、その後、村神に始末させたのだ」

「すると、押し込みを計画し、お膳《ぜん》立てをしたのは、すべて八左衛門ですか」

竜之介も、八左衛門が梟党の押し込みに深くかかわっているとはみていたが、そこまでやっていたとは思わなかった。

「雲井、それだけではないぞ。八左衛門は、わしらや町方の手を逃れるために、探索の手が迫ると、村神や敏造に金を渡して探っている者を始末させていたのだ。……つまり、押し込みのお膳立てから、探索から逃れるための後始末まで、すべて八左衛門がやっていたということになるな」

「御頭、もしかしたら、弥三郎も八左衛門の指図で動いていたのでは……」

竜之介が訊いた。

「そのとおり。八左衛門が、陰で梟党をあやつっていたわけだ。当然、奪った金も、八左衛門が分けていた。八左衛門が、梟党の陰の頭目といってもいいな」

「そういうことですか」

竜之介は、横田の話を聞いて納得できた。これまで、竜之介は八左衛門が金ずくで殺しを引き受け、村神や敏造を使って実行していたとみていたが、梟党にかかわる殺しだけだったので、いまひとつ腑に落ちなかったのだ。

「八左衛門と弥三郎は深谷の宗兵衛の手下だったが、八左衛門は兄貴分でな。弥三郎は弟分だったそうだよ。そのかかわりが、いままでつづいていたというわけだな」

「…………」

竜之介は黙したままうなずいた。

「熊井町の隠れ家だが、八左衛門の持ち家らしいぞ。元は小網町にある米問屋の隠居所だったようだが、隠居が亡くなって空き家になっていたのを、八左衛門が宗兵衛一味のおりに手にした分け前で買ってな。三年ほど前から、弥三郎や息のかかった者たちの隠れ家として使わせていたようだ」

「御頭、ここにきて、八左衛門や弥三郎が押し込みを始めたのは、どういうわけです」

竜之介が訊いた。

「金だな。……八左衛門も弥三郎も十数年前に手にした分け前は使い果たし、また、大金を手にしようと押し込みを始めたようだ」

「宗兵衛一味のときとは、まったく手口を変えましたが、何か狙いがあったのですか」

「八左衛門の話では、昨年の甚蔵の件もあって、宗兵衛一味だったことを気付かれないように、手口を変えたようだ。それに、八左衛門には、親分と同じ手は使いたくないという盗人《ぬすっと》としての意地があったのかもしれん」

「そうですか」

竜之介が口をとじると、横田も黙ったが、すぐに竜之介に目をむけ、

「雲井」

と、声をかけた。

「これで、宗兵衛一味七人のうち、ひとりは死んだが、四人を捕らえることができたな」

「いかさま」

「残るはふたりか」

梟党の事件が起こる一年ほど前、やはり宗兵衛一味だった安次郎《やすじろう》は死に、甚蔵《じんぞう》と駒五郎《こまごろう》のふたりを捕らえていた。そして、今度の件で、八左衛門と弥三郎を捕らえたので、残るのは頭目の宗兵衛ともうひとりということになる。十数年前、子分たちはそれぞれ偽名を使っていたらしいので、名は分からなかった。それに、宗兵衛が生きていたとしても、いまは別の名を使っているだろうから、名は当てにならないだろう。

「わしは、宗兵衛は死んでいるような気がするがな。まァ、生きていても、江戸にはおるまい。江戸にいた甚蔵や八左衛門が知らなかったのだからな」

「…………」

竜之介は何とも言えなかった。先に捕らえた甚蔵たちも、今度の事件を起こした八左衛門と弥三郎が江戸にいることを知らなかった。十数年前、宗兵衛一味が姿を消してから、甚蔵や八左衛門たちは仲間内の接触を避け、巧みに江戸市中に身を隠して生きてきたようだ。そうしたことからみても、頭目の宗兵衛が江戸に身を隠していても不思議はないだろう。

「いずれにしろ、これで、梟党の始末はついた」

そう言うと、横田は竜之介に目をむけ、雲井、よくやったな、と言葉をかけてから腰を上げた。

「…………」

竜之介は黙したまま頭を下げた。どうやら、横田は竜之介にねぎらいの言葉をかけたい気持ちもあって呼んだらしい。

4

竜之介が居間で茶を飲んでいると、奥の座敷から妹のゆきと男児の楽しげな笑い声が聞こえた。

ゆきが四つになる太助を連れ、雲井家へ来ていたのだ。ゆきは同じ御先手組《おさきてぐみ》、鉄砲組の与力、倉沢峰一郎《くらさわみねいちろう》に嫁ぎ、太助を産んだのである。倉沢も近くの組屋敷に住んでいたので、ゆきはときおり太助の顔を見せに実家に帰っていたのだ。

そのとき、廊下を歩く足音がし、障子があいて母親のせつが顔を出した。

「竜之介、北沢さまと風間どのが見えてますよ」

せつが、間延びした声で言った。いつもそうである。せつはおっとりとした性格で、声を荒立てたり、泣きわめいたりすることがすくなかった。

「北沢どのも見えたのか」

北沢は同じ与力で、横田屋敷で顔を合わせることが多かったので、屋敷を訪ねてくることはまれだった。

「はい、おふたりで」

「ここに通してくれ」

何か横田屋敷では話せないことがあって、来たのかもしれない、と竜之介は思った。

せつは、すぐに、上がってもらいましょう、と言い置いて、玄関へもどっていった。

竜之介は、ここに訊きに来る前に、北沢たちを上げればいいのに、と思ったが、何も言わなかった。

せつに案内されて居間に姿を見せた北沢は、脇に風間が座るのを待ってから、

「玄関先で、風間と顔を合わせてな」

と、照れたような顔をして言った。

風間は、戸惑うような顔をして竜之介に頭を下げた。せつは、お茶を淹《い》れましょう、と言い残し、座敷から出ていった。

「それで、何かあったのか」

竜之介が、北沢に訊《き》いた。

「いや、たいしたことではないのだが、雲井の耳にも入れておこうと思ってな。行方が知れなかった甚五郎だがな。やっと隠れ家がつかめたのだ」

北沢が言った。

「そうか」

「馬喰町《ばくろちょう》の妾の家をつかって賭場《とば》をひらいていたのだ」

北沢が声を大きくして言った。

「おれたちの目を盗んで、またしてもぬけぬけと賭場をひらいていたか」

博奕《ばくち》に溺《おぼ》れた者もそうだが、賭場の貸元もなかなか足を洗えないようだ。

「賭場といっても、客は数人だけだったようだ。村松町の賭場に通っていた客に声をかけて、集めたらしい」

「それで、甚五郎を捕らえたのか」

北沢が、ここに知らせに来たということは甚五郎を捕縛したからであろう。

「ああ、昨夜な」

北沢は、甚五郎と壺《つぼ》振り、それに客を四人だけ捕らえたことを話した。

賭場といっても、小座敷に何人か集まっていただけのようだ。竜之介に声をかけなかったのは、北沢と配下の同心、それに手先だけで十分だと判断したからであろう。

「お手柄ではないか」

どうやら、北沢は甚五郎を捕縛したことを竜之介に話すために来たらしい。

そのとき、障子があいてせつが盆にのせて茶菓を運んできた。

せつはゆっくりとした所作で、座している三人の膝先《ひざさき》に茶菓を出すと、

「ごゆっくりなさってください」

と言い置き、腰を上げた。

せつが、座敷から出ていったとき、奥の座敷で子供の笑い声と窘《たしな》めるような女の声が聞こえた。太助とゆきである。

「ゆきさまが、いらっしゃるので……」

風間が湯飲みに手を伸ばしながら訊いた。風間はゆきが倉沢家に嫁いだことも太助という子がいることも知っていた。

「ああ、子供がまだ四つでな。うるさくてかなわん」

そう言って、竜之介も湯飲みを手にし、

「ところで、風間の用は何だ」

と、訊いた。

「いえ、わたしは、近くを通りかかったので寄らせていただきました。それに、雲井さまにはご心配をおかけしましたが、傷がすっかり癒《い》えましたので、また、前のようにお指図をいただきたいと思いまして」

風間は、左肩をまわして見せた。傷を負ったのは左肩と左腕だが、自在に動くようだ。刀を遣うのにも支障はないらしい。どうやら、風間は傷がすっかり癒えたことを知らせに立ち寄ったようだ。

「それは、なにより。……だが、いまのところ、風間に探索を頼むような事件はないな。それに、梟党の一件が片付いたばかりだ。おれも、すこし骨休みがしたいからな」

竜之介が苦笑いを浮かべて言った。

「ごもっともで……」

風間が小声で言って、湯飲みをかたむけた。

それから、小半刻《こはんとき》（三十分）ほど話してから、北沢と風間が腰を上げた。竜之介はふたりを玄関先まで見送ってから居間にもどると、パタパタと廊下を走る足音が聞こえ、太助が座敷に飛び込んできた。つづいて、廊下にふたりの足音がした。ゆきとせつらしい。太助の跡を追ってきたようだ。

「伯父上《おじ》！」

太助が、声を上げた。ニコニコしている。色白で、丸顔だった。頭の上に芥子坊《けしぼう》と、結んだ前髪が、ちょこんと伸びている。

おそらく、太助は居間から話し声が聞こえたので、様子を見に来たかったにちがいない。ゆきにとめられていたが、隙をみて奥の座敷を飛び出してきたのだろう。

父親の孫兵衛は風邪気味だといって、寝間に臥《ふせ》っていた。それほど熱はなく食欲はあるのでたいしたことはないだろうが、大事をとって休んでいるようだ。

「太助、ここに来て座れ」

竜之介が、前に手を差し出すと、

「はい」

と太助が元気のいい声を上げ、竜之介の前に来て座った。そして、丸い目を瞠《みひら》いて、竜之介の顔を見上げた。頬が紅潮し、息がはずんでいる。

「まァ、まァ、太助は、兄上のお邪魔をして」

そこへ、ゆきとせつが来て、太助の両側に身を寄せて座った。

ゆきは、太助を産んでからすこし太ったようだ。頬がふっくらし、首筋にも肉がついていた。頬がふっくらし肉置《ししお》きが豊かなところなどは、母親とそっくりである。そういえば、太助のふっくらした頬もゆきとよく似ていた。三人並んで座ると、同じ血筋であることがよく分かる。

「太助も、大きくなったな」

竜之介が言った。

「すこしも凝《じっ》としていないので、手がかかって……」

ゆきが目を細めて言った。可愛くて仕方がないらしい。

「男児《おとこのこ》は、そのくらいでないとな」

竜之介がもっともらしい顔をして言った。

すると、ゆきが太助の肩に手を置き、

「兄上」

と、声をあらためて言った。

「兄上のお役目は大変でしょうが、雲井家の跡取りのことも考えていただきたいと、母上と話していたんですよ」

すぐに、せつが竜之介の顔を見ながら、

「竜之介、早く内孫の顔が見たいものだねえ」

と、言い添えた。

「こ、これぱっかりは、縁というものがありますから」

竜之介は、女ふたりに攻められては、とても太刀打ちできない、と思い、腰が落ち着かなくなった。

「ねえ、兄上、風間どのの妹の佐枝さんは、どうです。お綺麗《きれい》だし、気立てもいいようだし、兄上にはお似合いですよ」

ゆきが、竜之介を上目遣いに見ながら言った。ゆきは、風間の妹の佐枝と話したことがあるのだ。

「い、いや、そのようなことは考えたこともない」

そう言うと、竜之介は慌てて立ち上がった。顔がかすかに紅潮したのを女ふたりに見られたくなかったのだ。

「どこへ、お出かけですか」

ゆきが訊いた。

「市中巡視にな。これは、お役目だ」

そう言い置くと、竜之介は慌てて座敷を出た。女ふたりと顔を突き合わせているより、市中をのんびり歩いている方が楽だと思ったのである。

本書は、角川文庫のために書き下ろされました。

闇《やみ》の梟《ふくろう》

火《か》盗《とう》改《あらため》鬼《おに》与力《よりき》

鳥羽《とば》　亮《りょう》

角川文庫　17268

平成二十四年二月二十五日　初版発行

発行者―井上伸一郎
発行所―株式会社角川書店
東京都千代田区富士見二―十三―三
電話・編集（〇三）三二三八―八五五五
〒一〇二―八〇七八
発売元―株式会社角川グループパブリッシング
東京都千代田区富士見二―十三―三
電話・営業（〇三）三二三八―八五二一
〒一〇二―八一七七
http://www.kadokawa.co.jp

印刷所―旭印刷　製本所―BBC
装幀者―杉浦康平

と 7-9　ISBN978-4-04-100167-7　C0193

角川文庫発刊に際して

角川源義

第二次世界大戦の敗北は、軍事力の敗北であった以上に、私たちの若い文化力の敗退であった。私たちの文化が戦争に対して如何に無力であり、単なるあだ花に過ぎなかったかを、私たちは身を以て体験し痛感した。西洋近代文化の摂取にとって、明治以後八十年の歳月は決して短かすぎたとは言えない。にもかかわらず、近代文化の伝統を確立し、自由な批判と柔軟な良識に富む文化層として自らを形成することに私たちは失敗して来た。そしてこれは、各層への文化の普及滲透を任務とする出版人の責任でもあった。

一九四五年以来、私たちは再び振出しに戻り、第一歩から踏み出すことを余儀なくされた。これは大きな不幸ではあるが、反面、これまでの混沌・未熟・歪曲の中にあった我が国の文化に秩序と確たる基礎を齎らすためには絶好の機会でもある。角川書店は、このような祖国の文化的危機にあたり、微力をも顧みず再建の礎石たるべき抱負と決意とをもって出発したが、ここに創立以来の念願を果すべく角川文庫を発刊する。これまで刊行されたあらゆる全集叢書文庫類の長所と短所とを検討し、古今東西の不朽の典籍を、良心的編集のもとに、廉価に、そして書架にふさわしい美本として、多くのひとびとに提供しようとする。しかし私たちは徒らに百科全書的な知識のジレッタントを作ることを目的とせず、あくまで祖国の文化に秩序と再建への道を示し、この文庫を角川書店の栄ある事業として、今後永久に継続発展せしめ、学芸と教養との殿堂として大成せんことを期したい。多くの読書子の愛情ある忠言と支持とによって、この希望と抱負とを完遂せしめられんことを願う。

一九四九年五月三日

ISBN 978-4-04-100100-4

角川文庫／鳥羽 亮の本

流想十郎蝴蝶剣《ながれそうじゅうろうこちょうけん》

江戸・本湊町の料理屋に用心棒として住み込む牢人・流想十郎は、「蝴蝶斬り」という剣術を操る剣士。が、水野忠邦の庶子であり、母を父に殺されるという過去を背負っている。誰が為に剣を振るうのか!? 書き下ろし。

ISBN 978-4-04-191803-6

角川文庫／鳥羽 亮の本

剣花舞う
流想十郎蝴蝶剣

流想十郎が住み込む料理屋・清洲屋の前で乱闘騒ぎが起こる。襲われた出羽・滝野藩士の田崎十郎太とその姪を助けた想十郎は、滝野藩の藩内抗争に絡む敵討ちの助太刀を求められる。書き下ろしシリーズ第２弾！

ISBN 978-4-04-191804-3